二見文庫

奥まで撮らせて

橘　真児

目次

奥まで撮らせて

第一章　カメラの前で大胆に

1

「それじゃ、始めてちょうだい」

明るくはずんだ声をかけられても、向嶋慎一郎(むこうじましんいちろう)は動けなかった。

ズボンもブリーフも脱いで、下半身はすっぽんぽん。指示された行為をするための準備はととのっている。

だが、肝腎のジュニアはおとなしく縮こまったままで、彼女が期待する状態になっていない。昂奮させられる要素が、何ひとつないのだから当然だ。

「ほら、いつまでチ×チンを隠して突っ立ってるのよ。おっ勃(た)たなきゃなんないのはあんたじゃなくて、チ×チンのほうなんだからね」

昼下がりの暖かな陽射しが降り注ぐ校舎の屋上。ビデオカメラの後ろで仁王立ちになり、平然と下品なことを口にするのは、錦織由実花(にしきおりゆみか)だ。

グレイのミニ丈スーツをまとう彼女は、元OLで二十四歳。慎一郎と同じく、ここＥＬ０映像芸術専門学校――通称エロ専――の新入生である。傲慢な彼女はOL時代も、こんな調子で自己を主張していたのではなかろうか。

(美人なのに、性格がこれじゃな……)

少なくとも黙っていれば、綺麗なお姉さんふうなのだ。それがひとたび口を開けば、女らしさが少しも感じられない台詞(せりふ)がポンポン飛び出す。

それにしても、まさかカメラの前でオナニーをしろと命じられるなんて、ここへ来るまで予想もしなかった。

由実花の斜め後ろには、もうひとりいる。フェンス下のコンクリートにちょこんと腰かけ、無表情でこちらに視線を向けているのは、立野詩織(たてのしおり)。慎一郎と同じく、高校を卒業したばかりの十八歳だ。もちろんエロ専の新入生である。

水色のブラウスに、白いひらひらのスカート。窓辺で文庫本を読むのが似合いそうな彼女は、深窓の令嬢という雰囲気か。何を考えているのかわからないポーカーフェイスも神秘的で、だからこそ慎一郎は、入学して最初の課題の被写体に、詩織を選んだのである。

出された課題は、グループ内の誰かを被写体にして、撮りたいものを自由に撮るというものだった。アイドルが好きで、プロの映像作家になってミュージックビデオを撮ることが夢だったから、慎一郎は彼女に愛らしいポーズをとってもらい、ノリノリで撮影した。由実花も美人ではあるが、アイドルに必要不可欠な清純さに欠ける気がしたのだ。

それが元ＯＬのシャクに障ったらしい。このグループは男ひとりに女ふたりの三人組だから、誰かを選べば誰かがあぶれる。どうして自分ではないのかという顔で、慎一郎が撮影するあいだじゅう、由実花は不機嫌をあらわにしていた。気が強そうだし、選ばれなくてプライドを傷つけられたのかもしれない。

だからと言って、こんなかたちで復讐しなくてもいいと思うのだが。

（やっぱりここは、クセのある人間しか集まらない学校なんだろうか……）

入学前に耳にした噂を思い出し、慎一郎は暗澹たる気分に陥った。

ＥＬ０映像芸術専門学校のＥＬ０は、「Ｅｄｕｃａｔｉｏｎ Ｌｅｖｅｌ ０」の略である。直訳すれば教育水準ゼロ。まったくの初心者でも一人前になれるよう教育しますという意味が込められている。

そして、0はオーではなくゼロなのに、見た目からＥＬ０はエロと読まれ、エロ専という品のない通称がまかり通っていた。

それでいて、ここの卒業生には、第一線で活躍している者が多い。実践を主とするカリキュラムのおかげであろう。

そう言えば聞こえはいいのだが、予算削減のため、学生を無料奉仕で撮影の現場に貸し出し、実地で学ばせるという投げっぱなしの方法をとっているだけなのだ。エロ専は校長をはじめ、講師たちもコネを持っており、学生を受け入れてくれるところがけっこうある。それら現場で鍛えられることで、即戦力のある人材が輩出され、卒業生も次のコネに繋がるというわけだ。

かくして実績は挙げているものの、まったく親身ではない指導方針ゆえに、ドロップアウトする者も数知れない。そのため学費収入が減り、投げっぱなしの指導をするしかないという悪循環に陥っている。

慎一郎は実績を買って、エロ専に入学した。門戸の広さゆえに入学する者も千差万別、いや、玉石混淆だと聞いた。実際、由実花のように元ＯＬなんて経歴の者もいる。

　彼女は映画監督になりたくて、ここへ入学したのである。しかし、最初の自己紹介でその理由を聞いた同期生の中に、共感できた者はほとんどいなかった。

　由実花曰く、片想いをしていた男に彼女がいるとわかり、失恋のショックを癒やすつもりで観た映画にいたく感動した。そこで、自分もこういう素晴らしい映画を撮り、失恋した相手を見返してやろうと考えたという。何もしていないのに、見返される男こそいい迷惑である。

　おまけに、そんなくだらない理由で会社まで辞めたとは。思い込みが激しいというか猪突猛進というか、美人でも恋人にはしたくないタイプだ。

　そういう向こう見ずな性格ゆえに、慎一郎にオナニーをさせるなんて突拍子もないことを思いついたのだろう。

（先生も、まさかこんな学生がいるとは思わなかったろうな）

　だからこそ、被写体になった者は撮影者の注文に必ず応じるよう指示したのだ。おかげで、慎一郎は拒めずにいる。

　ちなみに、慎一郎たちのクラスを受け持つのは、現役の映画監督でもある河原崎香奈子（かわらざきかなこ）である。二十四歳で撮った初監督作品が海外の映画祭で絶賛された、豊かな才能の持ち主だ。

それゆえに、映像へのこだわりが凄まじい。第二回監督作品になるはずだった映画は、香奈子の無理な注文のせいで現場のトラブルが絶えず、撮影が打ち切られたと聞く。そのため、どこの映画会社もお金を出してくれなくなったという。

彼女は来年三十歳になるというのに、次回作の目処は立っていないらしい。エロ専の講師を引き受けたのも、新作の資金を稼ぐためなのだとか。

ともあれ、カメラに慣れさせると同時に、新入生たちの趣味や傾向、技量などを見極めようとしたであろう課題も、元ＯＬのお姉様には、気に入らない男を辱(はずかし)めるための方法でしかなかったようだ。

「とりあえずその手をどかして、チ×チンを見せなさい。それとも、見せられないような粗末なモノなのかしら」

小気味よさげに命じる由実花に、慎一郎は悔し涙を滲ませた。

(くそ、こんなことが許されるのなら、おれだって――)

詩織を撮影するとき、スカートをめくってと何度言いそうになったことか。そんな指示を出したら一発で嫌われると思って我慢したが、ここまで理不尽なことが許されるのであれば、自分ももっと好きにすればよかったと後悔する。

いや、いっそ由実花を被写体にして、ストリップをさせたら。まあ、仮にそんなことを求めたって、彼女は即座に拒否したであろう。

結局のところ、由実花に気の弱さを見透かされているのである。年上だからというより、異性に対して強く出られないことを。

「ほら、早くっ!」

苛立った口調で由実花に命じられ、慎一郎はどうにでもなれと股間の手をはずした。亀頭を半分近くも包皮で隠した、ナマ白いペニスがあらわになる。

「あはっ、包茎じゃん。だから見せたくなかったのね」

からかわれて、いよいよ涙がこぼれそうになる。屋上とはいえ、外でこんなみっともない格好をさせられていることにも、羞恥と情けなさが募った。

そのとき、詩織の視線も剝き出しの牡器官に注がれていることに気がつく。相変わらずの無表情で、恥ずかしがる様子もなく見つめていた。

(見慣れてるのかな?)

つまり、すでにセックスの経験があるというのか。

「ねえ、あんたって童貞でしょ」

由実花に言われ、慎一郎はドキッとした。

「い、いや、おれは——」

「絶対にそうだよね。チ×チンも包茎で白いし、全然使ってない感じがするもの。それに、あんたってアイドルオタクなんだし、百パー童貞じゃん」

偏見だと憤慨しつつ反論できなかったのは、事実セックスもキスすらも経験のないチェリーだったからだ。女の子と付き合ったこともない。

由実花の命令に逆らえないのも、童貞ゆえなのか。何も経験がないから自信が持てず、異性を前にすると腰が引けてしまう。そこまで自覚しているものだから、慎一郎は何も言い返せず、口をつぐんでしまった。

「ふふ、やっぱりね」

我が意を得たりというふうに、年上の元ＯＬが嘲笑を浮かべる。悔しくてたまらなかったものの、慎一郎には為すすべがなかった。

「童貞だったら、いつも自分でシコってるんでしょ。ほら、さっさとやってみせてよ」

由実花がカメラを操作する。どうやらペニスをアップで捉えたらしい。

（やってみせろって……）

勃起していないモノをしごいても気持ちよくないし、ますます惨めになるだけだ。ところが、思いもかけず由実花のほうからオカズを与えてくれた。

「そっか、勃起してないからシコっても意味ないわね。ねえ、こっちに来て」

振り返った由実花に声をかけられ、詩織がきょとんとした顔を見せる。それでも素直に立ちあがると、年上の女の近くに寄った。

「スカートをめくって、こいつにパンツを見せてあげてよ。そうすればチ×チンが大きくなるだろうし」

慎一郎は耳を疑った。

(な、何てことを言うんだよ！)

詩織はまったく驚いた様子を見せない。ポーカーフェイスを保ったまま、

「わたしが？」

と、他人事みたいに問い返す。

「そうよ。河原崎先生も言ってたじゃない。被写体じゃないひとも、撮影者に協力するようにって」

それは事実だが、年頃の娘にパンツを見せろとはどういう了見なのか。

「ん……」

詩織は困惑したふうに眉をひそめたものの、拒否しなかった。こちらに視線を向け、《見たいの？》と訊ねるみたいに小首をかしげる。

（まさか――）

期待が一気に高まる。気がつけば、慎一郎は何度もうなずいていた。

「……わかったわ」

詩織がスカートを両手で摑み、そろそろとたくし上げる。

（マジかよ！）

呆然となった慎一郎の視界に、間もなく純白の下着が現れた。

あらわになった十八歳の美少女の下半身。華奢なのかと思えば、ナマ白い太腿は意外にむっちりしている。

なめらかな曲線は腰の丸みへと続き、そこに喰い込むパンティは、前にピンク色のリボンがついただけのシンプルなものだ。面積こそ小さめだが、お嬢様っぽい詩織らしいチョイスと言えよう。

清潔感あふれる純白の下着も、童貞の慎一郎には目の毒でしかなかった。

（た、立野さんのパンティ――）

初めて目の当たりにする生パンに、脳が沸騰するかと思った。股間に縦ジワが寄っているのにも劣情を煽られ、自然と鼻息が荒くなる。

ピクリ――。

おとなしく縮こまっていたペニスが、初めて反応を示す。しかし、緊張感からか勃起には至らず、ほんのちょっぴりふくらんだだけであった。

「まだ勃たないの？」

すぐに大きくなるはずと踏んでいたのか、由実花が不服そうに口を尖らせる。

それから、詩織を振り返り、

「色気のないパンツね。後ろを向いて、おしりのほうも見せてやってよ」

などと、好き勝手な注文をつける。

ぞんざいな扱われ方にも不満をあらわにすることなく、詩織は素直に回れ右をした。少しもためらわずにスカートの後ろもめくりあげる。

慎一郎はあっ気にとられた。ここまでするということは、自分も撮影の時に頼んだら、拒まずに下着を見せてくれたのではないか。

（そうすれば、もっといいものが撮れたのに……）

悔やんだものの、大胆に晒された下着尻に、そんなことはどうでもよくなる。

しかも詩織は、丸みをこちらに突き出したのだ。

純白パンティが窮屈そうに張りつくのは、丸々とした形のよいヒップ。裾からはみ出したお肉は、見るからにぷりっとして弾力がありそうだ。

さすがに恥ずかしいのか、美少女がキュートな丸みをモジモジさせる。すると、薄布がいっそう喰い込み、おしりの割れ目をくっきりと浮かびあがらせた。

そんなものまで見せられた日には、不肖のムスコも発奮する。海綿体に血流を集め、ムクムクと膨張した。

「あ、勃ってきた」

由実花が嬉しそうに白い歯をこぼす。三脚からビデオカメラをはずすと、手に持って近づいてきた。勃起を至近距離で撮影するつもりらしい。

（うう、こんなのって……）

昂奮状態の分身を見られ、屈辱に涙がこぼれそうになる。けれど、海綿体の充血をストップさせることは不可能だった。

彼女が一メートル前まで接近したとき、ペニスは水平まで持ち上がっていた。ふくらんだことで包皮も後退し、亀頭の裾部分に引っかかるだけになる。

そこに至っても上向きにそそり立たなかったのは、恥ずかしさを完全には払拭（ふっしょく）できなかったからだ。それでも、変化を目の当たりにしたことで、由実花もしてやったりと思ったらしい。笑みを浮かべてしゃがみ、ナマ白い肉器官をカメラの液晶モニタ越しにではなく、目を細めて直に観察した。

「ふうん……こうなってるのか」

つぶやきに、慎一郎は（え？）となった。初めて見るように聞こえたからだ。

（由実花さんも経験がないのか？）

いや、バージンだとしたら、オナニーをしてみせろなんて無茶な命令ができるはずがない。それに二十四歳で、このあいだまで社会人だったのだ。

詩織は下着のおしりを突き出したまま、顔を後ろに向け、こちらを凝視している。視線の行きつく先は、もちろん牡のシンボルだ。ふたりの異性の前で半勃起のペニスを晒し、羞恥がマックスまでふくれあがる。

「これ、もっと大きくならないの？」

由実花が不満げに眉をひそめる。

「もっとって……」

「オチ×チンって、もっとギンギンのガチガチになるんでしょ？　これ、まだ余裕がありそうだし、そんなに硬そうでもないわ。せっかく立野さんがパンツまでみせてるのに、失礼じゃない」

だったらさわってくれればいいじゃないかと、慎一郎は言いたかった。そうすればもっと大きくなるはずなのだ。もちろん、童貞の身でそんな要請ができるはずもなく、情けなく唇を歪める。

「そういえばあんた、アニメも好きだって言ってたけど、二次元のキャラにしか昂奮しないガチオタじゃないわよね？」

「そ、そんなことないよ」

「ホントかしら？　まあ、アニメ好きってのも、いかにも童貞らしいけど」

未経験であることを馬鹿にされっぱなしで、さすがに慎一郎も腹が立ってきた。辱めを与えられていることもあり、強い口調で言い返してしまう。

「そんなこと、勝手に決めつけるなよ」

「でも、事実でしょ。もうちょっと現実を見たほうがいいわよ。本物の女の子はアニメなんかと違って、オシッコもウンチもするし、生理の時にはどばどばって血も出すんだから。もちろん、普通にセックスもしてるのよ」

聞きたくもないことを聞かされて、ますます気が滅入る。こんな目に遭うのなら、エロ専をやめようかとまで考えたとき、由実花が後ろを振り返った。

「ねえ、見せるのはもういいから、そのパンツを脱いで持ってきてよ」

詩織は怪訝(けげん)なふうに眉根を寄せたものの、またも言われたとおりにした。スカートをおろすと中に両手を入れ、白い薄物をするすると脱ぎおろす。

（まさか――）

慎一郎の胸が高鳴る。スカートをめくれば女性の秘められた部分がまる見えなのだ。下着で無理なら本体を拝ませ、勃起を促すつもりなのか。

しかし、そうではなかった。

「ちょっと貸して」

脱ぎたてパンティを受け取ると、由実花は詩織にカメラを手渡した。

「あたしの代わりに、チ×チンが大きくなるところを撮影してよ」

「はい」

命じられるままにカメラを構えた美少女は、ノーパンであることなど少しも気にしていない様子だ。

「あんたみたいなオタクの童貞は、こういういかにも純情そうな白いパンツが好きなのよね」

由実花が指に引っかけたパンティをくるくると回しながら、思わせぶりな笑みを浮かべる。いったい何をするつもりなのかと、慎一郎は戦々恐々としていた。

「だけど、立野さんみたいな可愛い女の子でも、パンツが汚れちゃうのよ。オシッコとかオリモノとか、エッチなおツユとかで」

純白の下着が裏返される。布が二重になったところの内側を確認し、由実花は満足げにうなずいた。

「ほら、見なさい」

目の前に突き出されたクロッチの裏地に、慎一郎は驚愕した。

（こ、これは――）

白い綿布は汗を吸ったのか、全体にくすんだ色合いである。さらに中心部分は黄ばみ、白いカス状のものが付着していた。

「あ――」

声をあげたのは詩織だ。頬が赤く染まっている。さすがに恥ずかしいようだ。

下着が汚れるなんて当たり前だと、頭では理解していた。けれど、実物は想像以上に生々しい。ほのかに漂ってくる、なまめかしい甘酸っぱさのせいもあったのかもしれない。

「さ、匂いも嗅いでみて」

由実花がパンティを鼻に押しつけてくる。ほんのり湿ったクロッチの裏地を。

（ああ、これが……）

汗にチーズを練り込んだみたいな、悩ましさの強い臭気がなだれ込む。鼻奥にツンとくるそれには、磯の香りも混じっていた。

視覚だけでは完全勃起しなかったペニスが、嗅覚を刺激されて目覚める。血流が勢いよく海綿体を満たし、ぐんと伸びあがった。

「え、嘘――」

由実花が驚きの声をあげる。ビデオカメラを手にした詩織も、液晶モニタを覗きながらコクッと喉を鳴らした。

(ああ、何だこれ……)

初めて嗅ぐ秘められた香りに、腰の裏が甘く痺れる。頭がぼんやりしつつも、股間の分身が力強くいきり立っているのはわかった。

「へえ。パンツの匂いで勃起しちゃうなんて、完全にヘンタイじゃない」

そうなるように仕向けたくせに、由実花が無責任になじる。

(うう、勃っちゃったよ)

ふたりの異性の前に強ばりきったペニスを晒し、慎一郎は屈辱の涙を滲ませた。そのくせ、視線を浴びる分身は疼きにまみれ、いっそういきり立つのだ。

「ほら、自分でパンツを持って、好きなようにクンクンしながらシコるのよ」

由実花の容赦ない命令にも、素直に従ってしまう。左手にぬくみの残るパンティを持ち、鼻に押し当ててかぐわしい乳酪臭を吸い込みながら、右手は股間のジュニアへと。硬くなった筒肉に指を回すなり、目のくらむ快美が生じた。

「むううッ」

慎一郎は呻（うめ）き、今にも崩れ落ちそうに膝をカクカクと震わせた。あとは本能にまかせて、右手を上下に動かす。硬い芯をくるむ包皮をスライドさせ、数え切れないほど行なってきた自愛作業に没頭した。

「むう、う――ンふッ」

抑えきれずに声が溢れる。包皮が亀頭に被さっては剝けるたびに、脳にズキンとくる強烈な快感が生じた。

（ああ、すごい）

慎一郎は目を閉じて愉悦に漂い、腰をくねらせた。

「へえ、これが男のオナニーなのか。なるほど、皮をこんなふうに使うから、伸びて包茎になるんだね」

納得したふうな由実花の感想も、耳を通過するのみ。

（こんなに気持ちいいなんて……）

見られながらの自慰行為で、否応なく感じてしまう。もちろん恥ずかしいのであるが、それすらも悦びに置き換えられるようだ。

当然ながら、欲望の透明液もジワジワと溢れ出す。

「あ、何か出てきた。これ、ガマン汁だよね」

目ざとく見つけた由実花が、はしゃいだ声をあげる。

品のない俗称を口にされ、慎一郎は全身がカッと熱くなるのを覚えた。脱いでいるのは下半身だけなのに、素っ裸にされて尻の穴まで晒した気分だった。

「……そんなにいい匂いなのかしら？」

詩織の声が聞こえ、ハッとして目を開ける。彼女はオナニーを撮影しながら、訝る面差しを浮かべていた。自身の汚れ物で男が欲情することが、納得できないというふうである。

（そうか……おれ、立野さんのアソコの匂いを嗅いでるんだ）

彼女は現在ノーパンなのである。ひらひらしたスカートをめくれば、かぐわしい匂いの源泉たる秘境を目にすることができるのだ。

直にその部分を嗅いでいる錯覚に陥り、こみ上げる劣情で目眩がしそうになる。いっそう激しく鼻を鳴らし、クロッチに染み込んだものをすべて吸い取るほどの勢いで嗅ぎまくった。

ヌチュヌチュ……くちゅ。

右手の運動が速度を速め、カウパー腺液が包皮に巻き込まれて泡立つ。腰の裏が気怠くなり、立っていることも困難になった。

（う、出そうかも）

絶頂の波が近づきつつある。慎一郎は前もって告げようと、しゃがみ込んで自慰を観察していた由実花を見おろした。

（え⁉）

興味津々の眼差しを赤く腫れた亀頭に注ぐ彼女は、だらしなく膝を離していた。そのため、股間に喰い込むショッキングピンクの下着がまる見えだったのだ。

詩織のパンティを色気がないと批判しただけあり、光沢のあるそれはセクシーである。だが、慎一郎が衝撃を受けたのは、そればかりが理由ではなかった。

（ひょっとして、濡れてる？）

卑猥な縦ジワをこしらえるクロッチの中心に、いびつなシミが見える。明らかに内側から何かが染みているのだ。

いくら童貞でも、女性が昂奮すると性器が濡れるという知識ぐらい持っている。詩織の下着が湿っていたのは生理的な分泌物に因(よ)るのであろうが、由実花のこれは性的なものではないのか。

（じゃあ、おれのオナニーを見て昂奮しているのか？）

目を逸らすことなく凝視しているけれど、欲情している感じはない。それとも、表面上は何でもないフリをしているだけなのだろうか。

ともあれ、匂いそうに生々しいパンティのシミが、爆発への引き金となる。

「ああ、あ、うああ」

急速に上昇したものだから、射精を告げる余裕がなかった。意味不明な声をあげ、腰をガクガクと揺らす。

「え、なに⁉」

さすがに様子がおかしいと察した由実花が、こちらを見あげる。その顔を目がけて、白濁の弾丸が糸を引いて撃ち出された。

びゅるンッ――。

最初のほとばしりが、美女の鼻面でピチャッとはじける。

「キャッ！」

悲鳴をあげた由実花が尻餅をつき、大股びらきでパンティの底を見せつけた。

濡れジミがいっそうあらわになり、淫らな光景に煽られて、脈打つペニスをしごきまくる。

「うあ、はああ、くう――」

めくるめく歓喜に包まれ、慎一郎は多量の牡液をびゅるびゅると放出した。

2

「ったく、いきなり出すなんてひどいじゃない！」

顔や服にかかったザーメンをティッシュで拭いながら、由実花が憤慨する。粘つく青くさい体液に、気味悪そうに顔をしかめて。

「すみません」

慎一郎は頭を下げて謝り、ズボンを穿いた。だが、心から申し訳ないと思っていたわけではない。

（あんな真正面で見ていたら、顔にかかるのは当たり前じゃないか）

危機管理がなさすぎる。そもそも、ペニスをしごき続けていれば最後に精液が出ることぐらい、予測できたはず。

自業自得だと思いつつ、もちろん口には出さない。年上の傲慢な女性から、ヒステリックに言い返されることが目に見えていたからだ。

「じゃあ、最後はわたしですね」

由実花が後始末を終えるのを待って、詩織が声をかける。

慎一郎が匂いまくったパンティを、彼女は気に留めることなく平然と穿いたのだ。今も相変わらずのポーカーフェイスで、牡汁が勢いよく飛び散るところを目撃したのに、まったく動揺した様子がない。お嬢様ふうでありながら、すでにひと通りのことをこなしているのではないか。

（つまり、三人の中で経験がないのは、おれだけってことか……）

また落ち込みそうになる。

「わたしは女性の恥じらいをテーマに撮りたいので、錦織さんにモデルをお願いします」

「ええ、いいわよ」

被写体に選ばれて、由実花は機嫌を直したらしい。笑顔で快諾すると服装が乱れていないか確認し、髪を手グシで整える。

「で、どんなポーズをとればいいの？」

いっぱしのモデルみたいに胸を反らした元ＯＬに、詩織はいたって冷静な口調で告げた。

「フェンスのほうに行ってください」

指をさされたほうに、由実花は素直に進んだ。けれど、

「フェンスに摑まって、こちらにおしりを突き出してもらえますか？」

この指示には、訝る顔つきを見せる。

「なによ、それ」

それでも、言われたとおりにフェンスに指を引っかけると、腰を浅く曲げてタイトミニのヒップを突き出した。あたかも男を誘うがごとくに。

（立野さん、女性の恥じらいをテーマにするって言ってたよな）

このポーズのどこに恥じらいがあるのか。慎一郎が疑問に思っていると、

「向嶋君も手伝って」

詩織に声をかけられてドキッとする。

「う、うん。何をすればいいの？」

「錦織さんのスカートをめくってちょうだい」

慎一郎が驚いたのはもちろん、由実花も血相を変えて振り返る。

「な、何を撮るつもりなのよっ!?」

「言ったはずですけど。女性の恥じらいがテーマだって」

詩織がしれっとして答える。もちろん由実花が納得するはずなかった。

「冗談じゃないわよ。あたしにパンツを見せろっていうの⁉　絶対にお断りだからね！」

自分はひとにオナニーまでやらせたくせに、なんて我儘なのか。

詩織がやれやれとため息をつく。仕方ないという顔で、由実花のほうに歩み寄った。

「錦織さん、ちょっといいですか？」

「なによ⁉」

「耳を貸してください」

詩織が何やら耳打ちする。途端に、由実花の表情が強ばった。目を見開き、怯えたふうに唇を震わせる。

「ど、どうしてそれを──」

「ちゃんと言うとおりにしてくれますよね？　でないと、みんなにバラします」

「う……わ、わかったわよっ！」

ヤケ気味な返答に、慎一郎は訳がわからず目をぱちくりさせた。

（何を言ったんだ、立野さん？）

もしかしたら、由実花の弱みを握っているのか。神秘的な雰囲気もある美少女だけに、不可解な振る舞いが空恐ろしくもあった。

再びフェンスのほうを向いた由実花に、詩織がカメラを構えて命令した。

「やっぱりスカートは自分でめくってください。おしりを突き出して、全部見えるように」

言葉遣いは丁寧でも、指示内容はえげつない。年上の元ＯＬは、屈辱の呻きをこぼしつつ従った。

（マジかよ）

唖然とする慎一郎の前で、ピンクの薄物に包まれたヒップがあらわになる。

二十四歳の臀部は、詩織の下着尻以上にボリュームがあった。裾からお肉と色気がこぼれんばかりで、さすが大人の女性だと感服せずにいられない。

「何だってあたしがこんなことを……」

由実花が悔しげにつぶやく。髪から覗く耳が真っ赤に染まっていた。

「向嶋君、錦織さんのアソコの匂いを嗅いであげて」

魅惑の丸みに見とれていた慎一郎は、詩織の指示に驚愕した。

「え、に、匂いって⁉」

「わたしのパンツと比べて、どっちがいい匂いか教えてほしいの」

女性の恥じらいなどと言いながら、要は辱めようとしているのではないか。いいのかなと思いつつも、パンティが窮屈そうに張りついたセクシーヒップを目にすれば、嗅ぎたくなるのは男の性だ。花に誘われる蝶のごとく、フラフラと背後に近寄ると、由実花がむっちりおしりをくねらせて嘆く。

「ああ、やめてよぉ」

あんなに威張りくさっていたのが嘘のよう。だが、そのギャップにもゾクゾクさせられる。

慎一郎は跪（ひざまず）き、たわわな艶尻の中心に鼻面を寄せた。

光沢のある桃色下着は、生地がかなり薄めのようだ。後ろの部分はおしりの割れ目が透けそうだし、布が二重になったクロッチ部分も、ぷっくり盛りあがった陰部に張りついて、内側の形状をあからさまにする。

そして、中心部の濡れジミは、さっきよりも大きくなっていた。

（恥ずかしがってるけど、ひょっとして昂奮してるんだろうか？）

見ているあいだにも、シミはジワジワと広がっているようなのだ。漂ってくる蒸れ酸っぱいフレグランスに、慎一郎は悩ましさを募らせた。

(これが由実花さんの……)

詩織のパンティに染み込んでいた匂いと、基本となる成分は似通っているようである。ただ、由実花のほうが、大人だけあって熟成された感じがする。より深みのあるものが、鼻の奥にじんわり浸透するのだ。

もちろん、どちらにも鳩尾(みぞおち)がきゅんとなるほど昂奮させられる。

「うう……ほ、ホントに嗅いでるのぉ?」

年上の元OLが、半泣きの声で確認する。あの傲慢な女性がすっかり気弱になったことで、慎一郎の胸に嗜虐的な衝動がこみ上げた。

(いじめたい——)

さっきのお返しとばかりに、いやらしいシミが浮かんだところに鼻面を密着させる。

「きゃんッ」

悲鳴があがり、豊満なヒップがキュッとすぼまる。かまわず陰部に染み込んだものを吸い込んだ慎一郎は、濃厚な乳酪臭にむせ返りそうになった。

(うわあ、すごい)

クセのあるチーズみたいな匂いが、脳にガツンと響く。鼻をめり込ませたことで、奥まったところに潜むものまで嗅いでしまったようだ。

蒸れて熟成しすぎたという趣(おもむき)の恥臭は、ほんのりケモノっぽい。なのに、少しも不快ではない。ずっと嗅いでいたい気にさせられるのはなぜだろう。

性格はともかく、見た目は綺麗なお姉さんなのだ。そんなひとのアソコが強烈に匂うという事実にも、昂ぶりを禁じ得なかった。

「も、もういいでしょ⁉」

六つ年上の美女が、声を震わせてなじる。だが、慎一郎は無視を決め込み、鼻の頭をクロッチの中心にぐにぐにとめり込ませた。それによってチーズ臭が強まり、内側から何かがじゅわっと滲むのもわかった。

「あ、あ、バカ——くぅぅううーン」

秘部を刺激されて感じたのか、由実花が色っぽく喘(あえ)ぐ。それにも激しく昂奮し、股間のジュニアがズボンの前を突っ張らせた。ほんの十分も前に射精したばかりとは思えない勢いで。

「どう、向嶋君?」

背後から声をかけられ、慎一郎は我に返った。焦って振り返れば、詩織がこちらをじっと見つめている。眉間に浅くシワが寄っているのは、夢中になって女芯を嗅いでいたのに呆れたのか。

「え？　あ――」

「わたしと錦織さん、どっちがいい匂い？」

質問されてようやく、どうしてこういうことになったのかを思い出す。

「どっちがって言われても困るんだけど……」

詩織の顔と由実花のおしりを交互に見ながら、慎一郎は迷いを口にした。

「それって、同じ匂いってこと？」

「ううん、違うよ。立野さんのは甘酸っぱい匂いだったけど、由実花さんのはチーズみたいで、ずっとキツい感じなんだ」

「ああん、言わないでよぉ」

性器の匂いを暴露され、二十四歳の女が羞恥にむせぶ。刺激されたことで股間の濡れジミは面積を広げ、外側に染み出した粘液が鈍い光を反射させていた。

「だけど、おれにとっては両方ともいい匂いなんだ。いい匂いっていうか、すごくいやらしくて、嗅ぐだけでドキドキするみたいな。だから、どっちがいいなんて決められないよ」

詩織があっ気にとられたふうに目を丸くする。続いて、気まずげに頬を赤らめたのは、いやらしい匂いと言われて恥ずかしかったためではないか。

「……そう。わかったわ」

詩織がカメラを手に接近する。同性の下着尻を間近に見て、初めてクロッチのシミに気がついたようだ。

「あら、濡れてるわ」

この指摘に、むっちりヒップがピクッと震える。

「ぬ、濡れてるって？」

「錦織さんのパンツのお股に、いやらしいシミができてますよ」

「いやぁ、う、嘘よっ！」

愛液をこぼしている自覚がなかったのか、由実花が金切り声で否定した。

「嘘じゃありません。あと、脇から陰毛もはみ出してます。今、アップで撮影してますから、あとで見せてあげますね」

「うう……も、もういいでしょ」

「まさか。これからが本番です」

おとなしそうな顔をして、詩織はかなりしつこい性格のようだ。こういうタイプは敵に回しちゃいけないなと、慎一郎は肝に銘じた。

と、詩織がこちらを向いて首をかしげる。

「ところで、向嶋君は見たことがあるの？」

「え、何を？」

「おま×こだけど」

由実花ならともかく、まさか同い年の美少女が、そんな卑猥な単語を口にするなんて。とても信じられず、慎一郎は絶句した。

「ねえ、見たい？」

「な、何を？」

「おま×こ」

続けざまの四文字攻撃に、頭が可笑しくなりそうだ。そのためか、つい正直に答えてしまう。

「そ、そりゃ——見たいけど……」

「そう」

詩織は由実花に向き直ると、

「錦織さん、向嶋君におま×こを見せてあげてもいいですか？」

許可を求めたものの、了承されるはずがない。

「そ、そんなのダメに決まってるでしょっ！」

「そうですか」

あっさり引き下がった美少女は、代わりにとんでもない折衷案を出した。

「じゃあ、おしりの穴までにしておきます。向嶋君、錦織さんのパンツをずらしてちょうだい。おしりの穴が見えるところまでね」

「ちょ、ちょっと――」

焦って振り返った由実花に、詩織が冷ややかな口調で告げる。

「錦織さんの意向を受け入れて譲歩したんですから、ちゃんと従ってください」

そのとき、年上の女が怯えた表情を浮かべたのは、詩織に睨みつけられたためだったようだ。

「……わ、わかったわよ」

ふて腐れ気味に顔をしかめ、由実花はフェンスに向き直った。好きにしなさいというふうに、たわわなヒップを突き出して。

「さ、向嶋君。おま×こが見えないように、じょうずに脱がせてあげて」

詩織に促され、慎一郎は（いいのかな）と思いつつ、両手の指を桃色下着のゴムに引っかけた。魅惑の丸みをずっと目の前にして、彼自身も邪魔っ気な薄物を脱がしたくなっていたのだ。

それでも、アヌスまでという制限付きだから、慎重に進める必要がある。

薄布を、ミリ単位で少しずつずらす。それが由実花には、焦らしているように感じられたらしい。

「うう……さ、さっさとしなさいよ」

文句を言われ、慎一郎は「は、はい」と返事をした。作業を進め、ぱっくりと割れた尻の谷をあらわにする。色素が薄く沈着した底に、キュッと引き結んだ愛らしい器官が現れた。

(由実花さんのおしりの穴だ——)

綺麗な放射状のシワがかたち作るそれは、男にも女にもある。少しも珍しくないのに、こんなにもドキドキするのはなぜだろう。

「ふうん。おしりの穴は、けっこう可愛いんですね」

カメラの液晶モニタで確認しながら、詩織が感心したふうに告げる。排泄口を見られていると察したようで、由実花が「やあん」と嘆いた。同時に、その部分がキュッとすぼまる。

(ああ、可愛い)

まさに可憐なツボミという眺め。それでいて、妙にいやらしい。勃ちっぱなしのジュニアが小躍りし、亀頭がブリーフの裏地に擦れて爆発しそうだ。

「あら、ちょっとだけ毛が生えてるわ」

詩織が発見したのは、会陰側にちょろっと生えた、ごく短いものであった。それでも若い女性には、知りたくもない指摘だったに違いない。

「うう、もう許して……」

由実花が嗚咽をこぼし、半脱ぎの艶尻を震わせる。屋上で肛門をあらわにし、おまけに年下の男女から観察されているのだ。羞恥はかなりのものだろう。

しかし、十八歳の娘は少しも容赦しない。

「向嶋君、おしりの穴も嗅いでみて」

「えっ?」

「ウンチの匂いが残ってないか、調べてちょうだい」

「いやいや、そんなことしないでぇ」

由実花がヒップをくねらせて哀願する。もしかしたら用を足したあとなのだろうか。もちろん、聞き入れられることはなかった。

「ほら、早く」

強く促され、慎一郎は胸を高鳴らせながら尻の谷間に顔を寄せた。

最初に感じたのは、蒸れた汗の匂いであった。常に閉じている場所だから、溜まったものが熟成したふうである。それに紛れるように、ほんのかすかだが香ばしい発酵臭があった。

（こ、これは！）

特に汚れらしきものは見えないが、排泄したものの名残なのか。あるいは、密かに漏らしたガスの成分が付着していたのか。どちらにせよ、尻毛以上に指摘されたくない事柄のはずだ。

「ねえ、ウンチの匂いする？」

詩織の問いかけに、慎一郎が「ううん」と首を横に振ったのは、さすがに由実花が可哀相になってきたからだ。童貞であることを馬鹿にされ、オナニーまで強制されたものの、羞恥と悲しみに暮れる姿に憐憫を覚えずにいられない。

「あら、そうなの」

がっかりしたふうに唇をへの字にした詩織が、不意に瞳をキラめかせる。

「だけど、向嶋君は錦織さんのおしりの穴に昂奮してるのよね？」

「え、ど、どうして？」

「だって、ペニスが大きくなってるもの」

股間の高まりを指差され、慎一郎は何も反論できなかった。すると、美少女がいいことを思いついたというふうに、唇の端に薄く笑みを浮かべる。

「だったら、錦織さんのおしりで射精してみない？」

詩織の発言を、慎一郎は肛門を使用した性行為のことだと受けとめた。

「いや、さすがに初体験は普通がいいし、おしりに挿れるのはちょっと」

ところが、同い年の美少女にきょとんとされたものだから、早合点だったのかと焦る。

「え、おしりでって、そういう意味じゃないの？」

慌てて問い返すと、彼女は訝るように眉をひそめた。

「どんなふうに誤解したのかわからないけど、わたしの考えと向嶋君の想像のあいだに、食い違いがあるのは確かみたいね」

冷静に告げられて、慎一郎は頬が熱くなるのを覚えた。だが、次の指示にまた戸惑わされる。

「とりあえず、錦織さんのおしりの穴を舐めてあげて」

「え、舐めるって――」

「ほら、早く。ウンチの匂いがしないのなら、舐めるのも平気でしょ」

急かされて、慎一郎は戸惑いながらも、ぷりんとしたヒップに顔を寄せた。舌を差し出し、深い尻の谷にもぐらせる。

(おしりの穴を舐めるって、ほぐすとか潤滑をするために?)

やっぱりアナルセックスさせるつもりではないのか。ただ、舐めることに抵抗がなかったのは、可憐な肛穴にイタズラをしたい気持ちが高まっていたからだ。ほのかに感じられる秘めやかな発酵臭も、まったく気にならない。

(どんな味がするのかな?)

期待と昂奮に胸をふくらませ、谷底のツボミをぺろりとひと舐めする。

「あひッ!」

鋭い嬌声がほとばしり、尻割れがキュッとすぼまる。ふたりの会話を耳にして、由実花は何をされるのかわかっていたはずである。覚悟をしていても感じてしまったということは、けっこう敏感らしい。

(……ちょっとしょっぱいかな?)

味らしい味はなく、ほのかな塩気が感じられる程度だ。物足りなかったものの、性格は傲慢なのにアヌスの味が控えめというのは、むしろ好感が持てる。

そして、今では由実花よりも、詩織のほうが尊大に振る舞っていた。

「いっぱい舐めて、唾でぐちょぐちょにしてあげて」

美少女の命令に従い、慎一郎はヒクつくツボミを舐めまくった。

「あ、あふ、くううう……いやぁ、く、くすぐったいー」

由実花がヒップをくねらせて、しがみついたフェンスをガチャガチャと鳴らす。単にくすぐったいばかりではなく、悩ましい感覚も得ているようだ。その証拠に、パンティが隠している女芯のほうから、淫靡な匂いがたち昇ってきた。

（かなり濡れてるのかもしれないぞ）

その部分は熱く蒸れ、さっきまで以上にいやらしい蜜をこぼしているのではないか。あとほんの数センチ薄布を引き下げれば、それを確かめられるのである。誘うような媚臭を嗅ぎながら、慎一郎は見たくてたまらなかった。

けれど、詩織がカメラを手に見張っている。彼女の言うとおりにしなければならない。

ぴったり閉じていた秘肛が、しつこく舐められたことで緩んでくる。唾液を塗り込めると、ジワジワと中に入ってゆくのがわかった。

だったらと、尖らせた舌を突き立てれば、尖端部分が三ミリほど侵入する。

「あああ、い、入れちゃダメぇ」

由実花がのけ反って拒み、括約筋をキュッキュッと収縮させる。その動きがかえって舌先を誘い込み、緩んだツボミをこじ開けることとなった。

「あうう、や、ヤダぁ」

泣きベソ声でなじりながら、元ＯＬがおしりに鳥肌を立てる。切羽詰まったふうに唸ったから、アヌスを刺激されて何かが漏れそうになっているのかもしれない。オナラぐらいならいいが、実が出ては困る。

慎一郎は急いで舌を引っ込めた。すると、由実花がホッとしたように肛穴をつぼめる。どうやら危機を脱したらしい。

「じゃあ、今度はおしりの割れ目全体をしっかりと舐めてあげて。唾をいっぱい出してね」

詩織が次の指示を出す。それも素直に受け、尻の谷を唾でヌルヌルにした。

「あ、はふっ、くぅうーン」

由実花が背すじを反らし、切なげに喘ぐ。アヌスほどではなさそうだが、尻ミゾの底も舐められると感じるようだ。

そうやって割れ目全体を唾液で濡らしたところで、詩織が「もういいわ」と声をかける。由実花はぐったりして、息も絶え絶えというふうだ。

しかし、ここからが本番であった。

「向嶋君、ペニスを出して」

ストレートな命令に、慎一郎は冷静でいられなかった。

(てことは、やっぱり……)

硬くなった牡の性器を、肛門に入れろというのか。

さんざんに舐め回したあとで、慎一郎は初めてがアナルセックスでもかまわないと思い始めていた。由実花のそこが魅力的なのは確かであり、挿入すれば括約筋がキツく締めて、かなり気持ちいいかもしれない。

そのため、ためらうことなくズボンとブリーフを脱ぎおろし、カチカチに勃起したジュニアをあらわにしたのである。天を仰いでそそり立ったものを見て、詩織が満足げにうなずく。

「じゃあ、ペニスをおしりの割れ目で挟んでみて」

「え、挟むって?」

「ホットドッグみたいにするのよ」

わかりやすい喩(たと)えになるほどとうなずき、慎一郎は従った。

ふっくらしたヒップが白いパンなら、猛る勃起はソーセージか。それを深いミゾのあいだに収めれば、見た目はなるほどホットドッグだ。

ペニスが柔らかなお肉にサンドされたことで、得も言われぬ快さが広がる。

(ああ、すごい……)

たわわなヒップを両手で支え、無意識に腰を振る。

「そのまま続けて」

詩織が命じた。

「谷間でペニスをこするの。気持ちよくなったら射精してもいいわ」

おしりで射精するというのは、アナルセックスではなく尻コキのことだったのか。童貞の慎一郎には初めての行為で、要はおしりを借りてのオナニーみたいなものだ。

(このために唾で濡らしたわけか)

あれはやはり潤滑のためだったのだ。お嬢様っぽい美少女でも、考えつくことはかなり大胆というかマニアックである。

(まさか、男にさせたことがあるとか……)

詩織のヒップもふっくらして柔らかそうだったから、ペニスをこすりつければきっと気持ちいいに違いない。もちろんそんなことをお願いできるはずもなく、慎一郎は由実花の半脱ぎ尻で快感を求めた。

シュッ、シュッ……ぬる――。

もちもちした尻肉に挟まれ、こすられる分身が歓喜に小躍りする。多量のカウパー腺液が鈴口から溢れ、それもすべりをよくしてくれた。

(ああ、気持ちいい)

夢中になって腰を振ると、年上の元ＯＬが尻の谷をリズミカルにすぼめ、悦びを与えてくれる。尻ミゾの底やアヌスを筋張った肉胴でこすられ、くすぐったくも気持ちよさそうだ。

「あうう、そ、そんなに激しくしないでぇ」

などと言いながら、丸いヒップをいやらしくはずませる。初めての尻コキは、男と女の双方を感じさせていた。

動きを激しくすると、摩擦の熱で唾液が乾く。少々動きづらくなり、慎一郎はどうしようかと焦れた。

すると、間近で撮影していた詩織が、顔をペニスの真上に移動させる。口許をモゴモゴさせ、小泡混じりの唾液を垂らしてくれた。

（立野さんのツバがおれのチ×ポに――）

直に口をつけられたわけではなくても、これはフェラチオと変わりないのではないか。

童貞の妄想力が悦びを高める。すべりがよくなったこともあり、慎一郎はたちまち折り返し不能な高みに追いやられた。

「ああ、で、出ます」

声を震わせて告げると、詩織が脈打つ肉根をズームアップしたようだ。

「いいわよ。いっぱい出して」

励ましの言葉を受けて、濃厚な樹液を勢いよくほとばしらせる。ついさっき、見られながらのオナニーで射精したばかりとは思えない量の白濁液が、ツヤツヤした尻肌をべっとりと汚した。

（最高だ――）

ザーメンのヌメリも利用して、なおも尻ミゾで肉棒をヌルヌルとこする。慎一郎はダメ押しの快感を得て、最後の雫をトロリと溢れさせた。

3

「何やってるのよ、こ、この子たちは!?」

エロ専の講師である映画監督の河原崎香奈子は、自身の教官室で頭を抱えた。

新入生たちにごく簡単な課題を出したはずが、とんでもない作品が提出されたのである。

(このグループは要注意だわ)

向嶋慎一郎、錦織由実花、立野詩織の三人組。元ＯＬの由実花が猪突猛進タイプで、けれど他のふたりがおとなしそうだから、バランスがいいと考えたのである。なのに、ここまで暴走するなんて。

慎一郎の、いかにもアイドルのＭＶ風という映像は、ところどころ構図に光るものがあるものの、ごく平凡な出来である。ところが、由実花は慎一郎にオナニーをさせたばかりか、お嬢様っぽい詩織までもが、破廉恥としか言いようのない作品(?)をこしらえたのだ。

いや、いっそ卑猥であり、間違いなく猥褻物に当たる。単に無修正だからというものではない。肛門を舐めさせた挙げ句、ペニスをおしりの割れ目にこすりつけて射精させるなど、アダルトビデオでもかなりフェチっぽい部類になるのではないか。

（わたし、本当にやっていけるのかしら……）

不安が募り、香奈子は泣きたくなった。だが、これも映画の資金を稼ぐためなのだ。受け持ったクラスから脱落者を出すことなく、全員無事に卒業させれば、そのぶん給料をはずんでもらえるのである。

（いよいよ外に出ての実習も始まるんだし……よし、このグループには、いちばん厳しい現場に行ってもらいましょう）

そうして鍛えられれば、心を入れ換えるに違いない。それより他に手はなさそうだ。

（だけど、この映像、すっごく魅力的ではあるのよね……）

詩織の撮った尻コキをモニタで鑑賞しながら、香奈子は手をスカートの下に這わせていた。ここまで劣情を煽られるのは初めてだ。

もしかしたら、才能がある学生なのかもしれない。

（だったら、次の授業は、この子たちに撮影の助手をしてもらおうかしら）

実は、久しぶりに映画の仕事が入っていたのだ。単発のテレビ映画で、スポーツ中継が中止になったり早く終わったり、あるいはドラマが打ち切りになったときなどに穴埋めとして使われるものである。いつ放映されるかわからないし、ずっと日の目を見ない可能性もあった。

それでも、仕事ができることを業界にアピールするために、最後までやり遂げなければならない。

もっとも、ひとつ問題がある。自分の映画ならばシナリオを書き、編集にも携わるのであるが、今回は完全な雇われ監督だ。内容に関して口出しはできず、演出に徹しなければならない。

つまり、ストレスがかなり溜まることが予想される。

過去の撮影現場では、香奈子は妥協など一切しなかった。そのためスタッフやキャストと衝突して、第二回監督作品が頓挫してしまったのである。

しかし、今回はそんなことは許されない。きっちり完成させなければ、信頼を損ねることは確実だ。

簡単ではないとわかりつつも、この仕事を引き受けたのは、ギャラがよかったからである。テレビ局としては内容以前に、海外から絶賛された若手女流監督に撮らせたことを売りにしたいらしい。ネームバリューゆえに、破格の監督料を提示してきたのだ。

次回作を撮るために、お金は必要である。ここは割り切って仕事をせねばならまい。ならば、ストレスが高じて仕事を投げ出すことのないよう、自分を抑えてくれる人間が必要だ。

(毒をもって毒を制すとも言うものね)

初っ端からここまでのものを撮れる、あるいは撮らせる度胸があるのだ。自分が暴走しても、それに匹敵する暴走力で何とかしてくれるのではないか。

などと都合よく期待しながら、香奈子は下着越しに秘苑をまさぐった。すでに湿っていたそこを、すりすりと摩擦する。

「ああ、か、感じるぅ」

なまめかしい声が、狭い部屋にこだました。

第二章　念願の映画撮影

1

映画の撮影に参加できるということで、一番喜んでいたのは由実花だった。何しろ、映画監督になるためにエロ専に入学したのだから。

「香奈子先生は、きっとあたしの才能を見抜いたのね。だからスタッフに抜擢してくれたんだわ」

スタジオに向かう道すがら、浮かれまくる由実花に、詩織が冷静な口調でたしなめる。

「先生は錦織さんだけじゃなくて、わたしたち三人を指名したのよ。そのことを忘れないようにね」

もっともなことを指摘され、年長の由実花が子供みたいにむくれた。

「なによ、ひとがせっかくいい気分でいたのにさ」

彼女は苛立ちを詩織にではなく、慎一郎にぶつけてきた。

「あんたは乗り気じゃないみたいね。アイドルとはまったく関係ないから」

「そ、そんなことないよ」

いちおう否定したものの、由実花の指摘は的外れではなかった。

事前にもらった脚本とキャスト表によれば、内容はふた組のカップルが登場する恋愛もので、出演は無名の若手俳優ばかり。名前を聞いても顔が浮かばないし、あまり興味は持てなかった。

そのあたり、詩織はもっと辛辣であった。

「わたしも期待してないわ。だって、シナリオはありきたりだし、出演者も大したことないもの。河原崎先生もお金だけで引き受けたんでしょうね。次の映画を撮るための資金がほしくて、仕方なく。だいたい、放送日も決まってないみたいだし、何かの穴埋めに使われるんじゃないかしら」

「え、放送ってことは、テレビドラマなの？」

由実花が眉をひそめる。

「テレビドラマっていうか、テレビ映画ね。日本では死語になってるけど、欧米では今でもけっこう作られているの。劇場公開作品に近いクオリティのものだってあるわ」

詩織は丁寧に説明した。やはり映像の専門学校に入るだけのことはあって、知識も豊富のようだ。

「今回の作品も、ビデオじゃなくてフィルムで撮るみたいね。撮影のやり方は、映画に近いと思うわ」

「ふうん。それじゃ、しっかり見て勉強しなくっちゃ」

由実花が意欲に溢れた言葉を口にする。いかにも立派な心がけだが、映画監督になりたいのは失恋相手の男を見返すためなのだ。

(ていうか、どうして香奈子先生は、おれたちを助手に選んだんだろう?)

仕事場に呼んでくれるのは、信頼できると思ったからなのか。それとも、他に割り当てる実習先がなかったのか。

(まあ、助手ったって、どうせ雑用をさせられるんだろうけど)

程なく現場に到着する。郊外のスタジオには、巨大な倉庫みたいな建物がいくつも並んでいた。

（Bスタジオは……あ、ここだ）

指定されたところに入れば、中ではすでに撮影の準備が進められていた。セットが組まれ、何人ものスタッフが忙しそうに行き来している。

そこにはふたつのセットが向かい合って設置されていた。どちらも若者の部屋のようだが、同じものではない。ふたつの場面を同時に撮影するのだろうか。

セットから少し離れたところにテーブルと椅子があり、四人の男女が談笑していた。メインキャストの俳優らしい。全員がバスローブを着ていた。

（シャワーシーンかな？）

テレビ用の作品なら、今の時代は裸など出せないだろう。肝腎なところは水着やバスタオルで隠すに違いない。

そこへ、監督の香奈子が現れた。

学校ではスーツ姿がほとんどだが、今日はチェックのシャツにジーンズと、ラフな装いである。セーターの袖を結んでマントみたいに羽織り、頭にはハンチング。手にメガホンを持っているのが、いかにも映画監督っぽい。

但し、ひと昔前の。

「それじゃ、撮影を始めるわよ」

　彼女がよく通る声で呼びかけると、スタッフたちが口々に「ＯＫ」「了解」と返事をする。今はエロ専の講師ではなく、映画監督の河原崎香奈子になっているようである。

　彼女は慎一郎たちに気がつくと、つかつかと歩み寄ってきた。

「ちゃんと時間通りに来たわね。よろしい。それじゃ、あなたたちはわたしの後ろにいて、指示されたことに従ってちょうだい。カメラとか照明とか音声とか、大勢のスタッフが動いているから、邪魔にならないよう周囲にも気を配ってね」

「はい」

「わかりました」

「よろしい。それじゃ、ついてきて」

　香奈子は次に、俳優たちのほうに向かった。監督の登場に、四人の男女は椅子から立ちあがって直立不動になる。撮影が始まってすでに三日目とのことだが、怖い監督だと恐れられているのだろうか。

「じゃ、今日もよろしくね。いよいよベッドシーンだけど、準備はいい？」

「はい！」

ふた組の男女は、軍隊さながらに声を揃えて返事をした。

「見てのとおり、今日はふたつの場面を同時進行で撮るわ。それぞれが恋人を裏切って、別の相手と寝るシーンだから、当然、自分の恋人のことが気になるわよね。その気持ちをうまく演じられるように、互いのしていることが見えるようにしたの。もちろん、実際には見えるはずがないんだけど、演技をする上で刺激になるし、きっといい画が撮れるはずだわ」

香奈子の説明で、慎一郎は脚本にあったシーンを思い出した。

それぞれのカップルが些細なことで喧嘩をし、ヤケになって行きずりの相手と関係を結ぶのだ。ところが、その相手が偶然もう一方のカップルの片割れで、要はふた組が相手を替えてセックスをすることになるのである。そこから四人のもつれあった関係が始まるという、物語の最初のほうにあった場面だ。

ベッドシーンとはいっても、テレビでは激しい濡れ場など見せられまい。重要なのは恋人を裏切る罪悪感であろうから、香奈子の意図は、その心理をうまく演じてもらうところにあるようだ。

（なるほど、ちゃんと考えてセットを組んでもらったんだな）

さすが海外で高い評価を受けた監督だ。慎一郎は感心した。

「それじゃ、リハを始めるわよ。役者はセットに入って」

香奈子の指示で、俳優たちがバスローブを脱ぐ。予想通り、全員が水着を着用していた。画面に映らないように、アングルを工夫するのだろう。

ところが、相手を替えたふた組のカップルがベッドに入ろうとしたところで、

「ちょっと、何してるのよ！」

香奈子がいきなり大きな声を出したものだから、その場にいた全員がビクッとなった。

「これはベッドシーンなのよ。あなたたちはセックスをするの。なんだって水着なんか着けてるのよ。さっさと脱ぎなさい！」

声を荒らげて俳優たちを叱る彼女は、目つきが尋常ではない。完璧主義のスイッチが入ってしまったようだ。

「ほらほら時間がないのよ。すぐに脱いで」

香奈子に促され、俳優たちは困惑げに顔を見合わせた。素っ裸になるなんて話は聞いていないのだろう。

これが有名な俳優だったら、すぐにマネージャーが飛んできてクレームをつけるところだ。しかし、無名の彼らには、そんなものは同行していないらしい。不

安げな眼差しをスタッフのほうに向けている。

「監督、それはちょっとまずいんじゃないかと思いますけど」

見かねた助監督が、恐る恐る申し出る。しかし、香奈子にギロリと睨まれて引き下がった。彼のほうが年上に見えるのだが、立場の違いというよりも、女監督の迫力に圧されたようである。

そうなると、他に口を出せる者などいない。プロデューサーは席を外しているようだ。

（これ、本当にまずいんじゃないのかな）

そのぐらいは慎一郎にも理解できた。スタッフの面々も《まいったなあ》という顔つきで、スタジオ内の雰囲気がおかしな感じになっている。

要は、香奈子が孤立しているのだ。

おそらく、監督二作目の現場でもこんなことが続き、キャストやスタッフが離れていったのだろう。せっかくの復帰作でまた同じことになれば、二度と仕事がもらえないかもしれない。

彼女は自分にとって先生でもあるから、他人事では済まされない。かと言って、どうすればいいのかなんてわからない。ヘタに口出しなどすれば、火の粉がこちらへ降りかかる恐れもある。

　どうしようと、慎一郎がひとりオロオロしていると、すっと前に出た人物がいた。詩織だ。彼女は俳優たちの前にすたすたと歩み寄り、四人の顔を順番に眺めながら告げた。

「わたしは、あなたたちのことなんて知らないんだけど、そういう無名のあなたたちが世に出るための、これはチャンスなんじゃないかしら？」

　身も蓋もないというか、ストレートすぎる発言。俳優たちばかりでなく、周囲も唖然となった。

「これは、あの河原崎香奈子監督の作品なの。海外の関係者も注目しているはずよ。そういう二度とない絶好の機会を逃したら、あなたたちは今後も芽が出ずに、無名のまま俳優人生を終えることになるわね」

　お嬢様然とした美少女の言葉だけに、説得力があったのではないか。特に女優ふたりはコクッと息を呑み、ウロコが二枚も三枚も落ちたみたいに目を爛々と輝かせた。

「……うん、わたし脱ぐわ」

　ひとりが水着のトップをはずす。ふっくらとかたち良い乳房があらわになると、もうひとりも慌てたように追随した。そして、ほぼ同時にボトムも脱ぎおろす。

「監督、よろしくお願いします」

全裸になった女優ふたりが、どこも隠そうとせずベッドに入る。あまりに堂々としていたものだから、周囲も好奇の眼差しを向けるどころではなかった。

「ほら、あなたたちもよ。女の子たちが平気なのに、男がグズグズしててどうするの」

香奈子にハッパをかけられ、男優ふたりがビクッと肩を震わせる。ためらいがちにパンツをおろしたものの、スタッフのほうに背中を向け、脱いだあとも股間をしっかり隠していた。

「あの……前バリとかは？」

ひとりが怖ず怖ずと訊ねたものの、香奈子に睨まれてそそくさとベッドに入る。やはり恥ずかしいのだろう。それぞれ毛布やキルトを引っ張りあげて、肩まですっぽり隠れてしまった。

（大変なんだな、俳優も）

ドラマや映画でこの手のシーンを見たとき、たとえ真似事でも裸の女優と抱き合い、キスもできるなんて羨ましいと、慎一郎は思った。けれど、こんなふうに大勢のスタッフに囲まれていては、とても妙な気分にはなれまい。

「じゃ、始めるわよ。どう撮られるかなんて考えなくていいから、とにかく本気で交わってみて。リハーサルだからっていい加減にしないで、ちゃんと気分を出すのよ」

違う意味の本番を促すみたいな声がかかり、カメリハが始まる。香奈子はカメラの動きを指示しながら、俳優たちの演技を見守った。けれど、ほんの二分も経たないうちに、

「あー、そんなんじゃ駄目ダメっ！」

ほとんど金切り声で怒鳴りつける。スタジオ内にまたも緊張が走った。

「タカシとナオユキ、何やってるの!? あんたたちは恋人のことを忘れようとして、他の女を抱いてるのよ。そんなやる気のないセックスでどうするの。もっと気合いを入れてやりなさい！」

香奈子が役名で叱りつけると、男優ふたりが「はいっ」と怯えた声で返事をする。顔が情けなく歪んでおり、これではやる気のある濡れ場など無理だろう。

「ちょっと、モモコとアツミ、お相手のチ×ポをさわりなさい」

今度は女優たちにとんでもない命令が飛ぶ。

「え？」

「あの……どうしてですか？」

「勃起してるか確認しなさい。もしも勃ってなかったら、ちゃんと勃たせてあげて。フニャチンでまともな濡れ場ができるはずないんだから」

やはり思い切りがいいのは、男よりも女性なのか。女優たちは本当に、相手役の股間に手をのばしたようである。

「あ――」

「うう」

男優ふたりがのけ反って呻く。

「どうなの？」

香奈子の問いかけに、モモコもアツミも複雑な表情を見せた。

「……勃ってないです」

「こっちも」

「だったら勃起させてちょうだい。手で無理だったら、口を使ってもいいから」

本当にセックスをするわけでもないのに、そこまでする必要があるのだろうか。

けれど、スタッフは監督にすべてを委ねるつもりなのか、何も言わない。セットの俳優たちに好奇の眼差しを向けることなく、自身の役割にのみ没頭しているようである。

いや、共犯になりたくないから、無視を決め込んでいるのか。

「なるほど。やっぱり映画はここまでしなくちゃいけないのね」

由実花が腕組みし、感心したようにうなずく。そんなことはないと、慎一郎は心の中でツッコミを入れた。

「あ、あ……」

「う……あぁ」

女優たちが本当に愛撫を始めたらしく、タカシとナオユキが身を震わせて喘ぐ。だが、簡単にはペニスが硬くならないようだ。

「緊張しなくていいからね」

そんな言葉を、相手役の女優からかけられている。

(そう言えば、香奈子先生の監督一作目にも、ベッドシーンがあったんだよな)

慎一郎は観ていないのだが、リアルな濡れ場も評判だったはず。もしかしたら、彼女は俳優たちに本気のセックスをさせたのではないか。

(まあ、ここでそんなことにはならないか)

あくまでも気分を高めるための手立てなのだろう。

「どう、勃った？」

香奈子が確認すると、タカシの相手役であるモモコが、「はい、硬くなりました」と答えた。実際に握っているところは見えないが、毛布からはみ出した肩が規則正しく動いている。しごき続けて萎えないようにしているらしい。

「オーケー。じゃ、そっちは？」

「ええと……まだです」

戸惑い気味に答えたのは、ナオユキの相手をするアツミだ。ＡＶ男優じゃあるまいし、こんな状況でそうそう勃起するわけがない。

「だったら口でしてあげて。時間がないんだから」

この命令に、驚きを浮かべたのはナオユキのほうだ。アツミは覚悟ができていたのか、仕方ないという顔つきながら、「わかりました」と返事をした。

「ねえ、ここに寝て」

「う、うん……」

身を入れ替えて上になり、キルトの中にからだをすっぽり入れる。男の下半身にうずくまったのが、上掛けが薄いからはっきりとわかった。

「あああ」

ナオユキが首を反らして声をあげる。本当にフェラチオを始めたらしい。

（マジかよ）

慎一郎は驚愕して目を瞠（みは）った。男の表情や反応からも、実際にしゃぶられているのだとわかる。

しかし、これだけでは終わらなかった。

「ねえアツミ、シックスナインをしてあげて。マ×コを見れば、ナオユキもチ×チンが勃つだろうし」

香奈子のとんでもない指示に、盛りあがったキルトがビクッと震える。さすがにそれは無茶すぎると、慎一郎はあきれ返った。

（何を考えているんだ、香奈子先生は……）

ところが、掛布団の中のアツミがもぞもぞと動く。間もなく、裸の下半身がキルトから現れ、ナオユキの顔を跨いだ。

（嘘だろ……）

慎一郎の位置からは小ぶりなおしりが見える程度だが、ナオユキはアツミの秘められたところをばっちり目撃しているのだ。おそらく、なまめかしい匂いも嗅いでいるのではないか。

エロ専の屋上で、由実花のおしりと密着したことを思い出す。肝腎なところまでは見られなかったけれど、女性器のチーズ臭ばかりか、アヌスの恥ずかしい匂いまで嗅いだのである。

魅惑的な秘香が鼻奥に蘇り、慎一郎はたまらなくなった。自身がフェラチオをされているわけでも、女陰を目の当たりにしているわけでもないのに、全身が昂ぶりで熱くなる。股間のジュニアがむくむくと膨張し、ズボンの前を円錐状に盛りあげた。

ここまであり得ない状況になれば、スタッフたちも見過ごすことはできまい。仕事の手を止めて、セットの戯れに目を向ける。もう一方のカップルも圧倒されたように目を見開き、相互口淫愛撫を凝視していた。

間もなく、布団の中からくぐもった声が聞こえた。

「監督、勃起しました」

報告を受け、香奈子が満足げな笑みを浮かべる。

「よし、だったらすぐに本番を始めちゃいましょう。カメラ、照明、音声、準備はいい？」

「はい」

「問題ありません」

「バッチリです」

「それじゃ、本番ヨーイ」

監督の号令がかかった、そのとき、

「あ、あ、あああ」

タカシの情けない声が聞こえた。

(え、なんだ?)

見ると、彼は相手役のモモコに身を重ね、ハァハァと息をはずませている。時おりからだをビクッと震わせて。

「ちょっと、どうしたの?」

香奈子が苛立ちをあらわに訊ねると、モモコが気まずそうに答えた。

「あの……出ちゃいました」

「出たって、射精したの!?」

「はい」

タカシはずっとしごかれっぱなしで、おまけに隣でエロチックな絡みが始まったものだから、我慢できなかったのだろう。

「まったく、これからだってのに」

香奈子は憮然として顔をしかめた。

2

本番前に手コキで爆発し、タカシはかなり落ち込んでいた。心理的な部分が影響したのか、相手役のモモコがいくらしごいてもペニスは復活しなかった。

「手じゃ駄目？　だったら口でしてあげて」

香奈子に言われ、モモコは毛布の中にもぐり込み、本当にフェラチオを試みたようだ。しかし、萎えたイチモツがそそり立つことはなかった。

とは言え、これはアダルトビデオとは違う。勃起しなければ撮影が不可能というわけではない。香奈子がこだわっているだけなのだ。

彼女さえ問題にしなければ、すぐにでも撮影に移れたのである。しかし、完璧主義で知られる河原崎監督は、簡単に妥協しなかった。

「仕方ない。タカシには代役を立てるわ。顔は撮らないで、からだだけの代役ね。

ちゃんとセックスしてる感じを出さなくちゃいけないから」

感じを出すということは、実際に交わるわけではない。だったら勃起しなくてもいいようなものだが、そこは監督として妥協できないところなのだろう。

(代役ったって、代わりの俳優がいるのかな?)

どこかから呼んでくるというのか。慎一郎が首をかしげたとき、香奈子がこちらを振り返ったものだからドキッとする。

「向嶋、ちょっと来て」

手招きされ、慎一郎は戸惑った。

「な、何でしょうか」

恐る恐る前に立つと、彼女にいきなり股間を握られる。

「あうッ」

慎一郎は腰を引いて呻いた。香奈子の指は的確にジュニアを捉え、ニギニギと快い強弱を与えてくれる。

「せ、先生、何を……あ、ああっ」

慎一郎はうろたえつつも勃起した。周囲に何人ものひとがいて、こちらの成り行きを見守っていたにもかかわらず、そんなことは関係ないとばかりに分身がそそり立ったのだ。

（ど、どうして!?）

恥ずかしいし、みっともない。なのに、ペニスは力強く脈打つ。若手俳優たちのエロチックな絡みをずっと見ていて、知らぬ間に昂奮しやすくなっていたのだろうか。

アツミとナオユキのシックスナインを見たときも、そこは大きくなってズボンの前を盛りあげた。みんなが真剣に取り組んでいる撮影現場で不謹慎だと気がつき、どうにか平常状態に戻したのである。

それがまさか、監督自ら不謹慎なことをするなんて。

「ふふ、もう勃った。これだけ元気なら問題ないわね」

息を荒ぶらせる教え子の高まりから手をはずし、香奈子が満足げに白い歯をこぼす。それからセットのほうを振り返った。

「チ×ポの——じゃなかった、からだの代役はこの子でいくわ。タカシは待機してなさい。あとで顔のアップだけ撮るからね」

この指示に、慎一郎は顔から血の気が引くのを覚えた。

「む、無理です！」

即座に拒んだものの、香奈子から鬼の形相で睨まれて身を縮める。

「どうして無理なのよ!?」

「そ、それは……」

童貞だからと答えようとして、口をつぐむ。それでは恥の上塗りだ。

(ああ、誰か助けてくれないかなあ)

しかし、スタッフたちは厄介ごとに関わりたくないのか、知らんぷりである。

詩織と由実花を振り返っても、詩織は相変わらずのポーカーフェイスだし、由実花に至っては小気味よさげにニヤニヤしている。慎一郎は四面楚歌であった。

「ほら、さっさと脱ぎなさい!」

香奈子の無情な命令が、スタジオにこだました。


素っ裸になった慎一郎は、股間を両手で隠して背中を丸め、かなりみっともない格好でセットにあがった。キャストやスタッフなど、多くの目がある上に、人前に立つことに慣れていない素人の身で、堂々と振る舞えるはずがない。

おかげで、香奈子に勃起させられたジュニアもおとなしくなっていた。

(ホントにしなくちゃいけないのか……?)

これからのことを考えるだけで、気分が鉛のように重くなる。裸の女の子と抱き合えることを喜ぶ余裕など、カケラもなかった。

「あの……よろしくお願いします」

すでにベッドに入っていたモモコに声をかけると、彼女は毛布にくるまったまま気まずげに「どうも」とうなずいた。それでも、監督の「本番いくわよ」の声がかかると、毛布を大きくめくった。

「じゃ、入って」

促され、けれど慎一郎は動けなかった。生々しくも鮮烈なヌードを目の当たりにして、固まってしまったのだ。

「ほら、向嶋、さっさとしなさい！」

香奈子に叱られ、ようやく我に返る。

「し、失礼します」

焦り気味にベッドに入れば、モモコがすぐに毛布をかけてくれた。

ふわ——。

乳くさくて甘ったるい香りに包まれ、慎一郎は羞恥も忘れてうっとりとなった。

それがモモコの肌の匂いだとすぐにわかったが、ほのかに酸っぱいような、なまめかしい成分が含まれていることにも気がついて動揺する。

（こ、これは——）

前に嗅いだ詩織のパンティの匂いと、どことなく似ていたのだ。そうすると、これはモモコのアソコから漂ってくるものなのか。

素っ裸でいるのだから、秘部の匂いが混じるのは当然である。だが、毛布の中のぬるい空気にそんなものが含まれていると考えるだけで、胸の鼓動が激しく高鳴る。

おまけに、目の前に本人の顔がアップで迫っていた。

彼女のプロフィールはまったく知らない。見た感じ、年は慎一郎より少し年上で、二十歳ぐらいではないだろうか。無名ではあるけれど、女優だけあって整った顔立ちをしている。華がないと言えばそれまでだが、そのぶん誠実で純真な印象を受けた。

「……ね、タッてる?」

唐突な質問に、慎一郎は面喰らった。

「え、何が?」

「オチ×チン。でないと、監督に怒られちゃうわよ」

ストレートな言葉を口にされ、うろたえる。気分は高まっていたものの、その部分はわずかにふくらんだだけで、いきり立ってはいなかった。

「ううん、ま、まだ」

「それじゃ――」

モモコの手が股間にのばされる。軟らかなペニスを握られ、慎一郎は「あうう」と呻いた。

ずっと毛布にくるまっていたからか、彼女の手は温かだ。それに包まれることで、身悶えしたくなる快さが広がる。

だが、緊張していたためか、直ちに勃起することはなかった。香奈子のズボン越しの愛撫には、訳がわからないままエレクトしてしまったが、今はそれ以上に状況が切迫しているからだろう。

モモコが困惑を浮かべる。小さなため息をこぼし、悲しそうな眼差しで見つめてきた。

「ごめんね。わたし、上手じゃないでしょ?」

「え? いや……」

「しょうがないのよ。初めてなんだから」

この告白に、慎一郎は目を見開いて驚愕した。

「え、てことは、バージン⁉」

つい口に出してしまうと、モモコが《黙って》となじるように眉をひそめる。

それから、渋々というふうに小さくうなずいた。

「だ、だったら、こんなことしちゃいけないんじゃないのかな？　監督に話して、無茶をさせないでほしいと頼むとか」

「そんなことできるわけないじゃない。これはチャンスなんだもの」

「チャンスって――」

「さっき、あなたのお友達が言ったとおりなの。せっかく河原崎監督の映画に出られるんだもの。しっかりとモモコを演じて、女優として認められなくっちゃ、一生芽が出ないまま終わっちゃうわ」

決意を秘めた眼差しに、慎一郎は息を呑んだ。なんて潔くて、芯のしっかりした女の子なのか。

（きっと演技ひと筋で、真面目に頑張ってきたんだな）

それこそ、男に見向きもしないで。だから未だにバージンなのだ。

健気さに報いたいと思うなり、海綿体が充血を開始する。彼女との会話で緊張がほぐれたおかげもあったようだ。

「あ、大きくなってきた」

ホッとしたように口許をほころばせ、モモコが手の動きを大きくする。強ばりきったものの根元から尖端まで、指の輪を満遍なくすべらせた。

（うわ、気持ちいい）

柔らかな手指が与えてくれる快感に、慎一郎は身をよじった。自分がどんな状況にあるのかも忘れるほどに、狂おしい愉悦にどっぷりとひたる。このままでは爆発するのも時間の問題だ。

「あ、あ、もう――」

慎一郎が焦った声を洩らしても、モモコは愉しげにしごき続けた。目がキラキラと輝いており、牡のシンボルに関心が尽きないふう。だからフェラチオにも抵抗がなかったのではないか。

「不思議ね。あんなに可愛かったのが、こんなに大きくなるなんて。それに、鉄みたいに硬いわ」

つぶやく声もはずんでいる。きっと処女だから、牡のシンボルに興味津々なのだ。そのため、さっきも途中でやめることなくしごき続け、相手役を射精させてしまったに違いない。

「そ、そんなにしたら出ちゃうよ」

情けない声で告げると、彼女はようやく手をはずしてくれた。名残惜しそうに、ふくらみきった亀頭をツンツンと突く。

「くうッ」

電流にも似た快美が背すじを駆け抜け、慎一郎は腰を引いて呻いた。熱い先走りが鈴割れからトロリと溢れ、糸を引いてシーツに滴ったようだ。

そのとき、香奈子の問いかけが飛ぶ。

「向嶋は勃起してるの？」

いきなりだったから、慎一郎はうろたえまくった。すると、代わりにモモコが答えてくれる。

「はい。バッチリです」

「OK。じゃ、カメラを回すわよ。あなたたちは何も気にしないで、とにかく激しくヤッてちょうだい。あとはこっちでうまく撮影するから」

（激しくって——）

慎一郎は困惑した。いったい、どんなふうにすればいいのだろう。経験のない童貞には、苛酷な課題である。

おまけに、相手役のモモコもバージンなのだ。

「あ、モモコと向嶋は、騎乗位でまぐわって。そうすれば向嶋の顔が画に入らないで済むし、あとの編集がやりやすいから」

香奈子に指示されるなり、モモコが毛布を剝ぐ。もはや裸身を晒すことに何の抵抗もないようだ。ためらいもなく慎一郎の腰を跨いだ。

(うわっ!)

下腹にへばりついた勃起の上に、彼女の股間が重みをかける。密着する秘部は熱く蒸れ、じっとりと湿っていた。

(嘘だろ——)

いきり立ったジュニアの、血管の浮いた裏スジがめり込んでいるのは、処女の秘唇だ。牡を愛撫しながら昂ぶっていたのか、そこにはヌルっとしたものがまぶされていた。

そのすべりを利用して、モモコが腰を前後に振る。恥割れをペニスにこすりつけ、クチュクチュと卑猥な粘つきをたてた。

「あ、あ、ああっ」

　彼女のなまめかしい声は、演技ではなく本当に感じているかのよう。慎一郎のほうも、身をよじりたくなる悦びにまみれた。

（あああ、気持ちいい）

　温かくてぷにぷにした割れ目が、分身を忙しく摩擦する。ヌメった感触も快く、このままではすぐにでも昇りつめるかもしれない。つい今し方、手コキでイカされそうになったばかりなのである。

　セックスの演技をしていても、得ている快感は本物だ。もはや撮影中であることなどどうでもよくなり、慎一郎は突きあげるように腰をはずませた。

「きゃううッ、か、感じる――」

　陰部を圧迫されたモモコのほうも、あらわな声を張りあげる。かたちの良い乳房を、たふたふとはずませた。

（うう、まずい）

　いよいよ爆発しそうになり、慎一郎は奥歯を嚙みしめて堪えた。早々に果ててしまってはみっともないし、香奈子に怒鳴りつけられるのは確実だからだ。

　向かいのセットを見れば、こちらの騎乗位に刺激されたのか、正常位のアツミとナオユキが激しく交わっていた。ひょっとしたらペニスが入っているのではないかと疑うほどに。

（いや……あれって、本当にヤッてるんじゃないか!?）

ふたりの裸体は掛布団に隠れ、ほとんど見えない。けれど、ナオユキの腰づかいは、テレビや映画で見るような芝居じみたものではなかった。いっそアダルトビデオそのもので、勢いよく腰をぶつけ、息を荒ぶらせる。

「ああん、な、ナオユキぃ」

アツミも頭を左右に振って髪を乱し、喜悦の声をあげた。

さっきは勃起させるために、ふたりはシックスナインまでしたのである。ナマの女性器を目の当たりにし、おそらく素の恥臭も嗅いだナオユキは、かなり昂奮させられたはずだ。また、ペニスをしゃぶったアツミも、硬くなったイチモツを女の部分で迎えたくなったのではないか。

だとすれば、気分の高まったふたりが、文字通りの本番行為に及んだとしても不思議ではない。下半身は隠れているのだし、演技がリアルであればあるほど、監督の香奈子は喜ぶのだから。

とは言え、こんな生々しい濡れ場など、テレビで放送できるのだろうか。

顔を撮られていないのをいいことに、慎一郎はスタッフたちの様子を窺った。

ほとんどが唖然とした顔つきで、演技ともつかないセックスを見守っている。

その中で、香奈子だけは満足げにうなずいていた。背後では、由実花が目を丸くしていたものの、詩織は相変わらずのポーカーフェイスだ。

「いいわ、いいわ。この画が欲しかったのよ。最高じゃない。さ、どんどん撮っちゃって」

行為に没頭するふた組のベッドシーンを、一台のカメラが追う。香奈子の指示でアングルを変え、何カットも撮影した。

慎一郎は射精をやり過ごすために、スタッフたちの動きに注目していた。けれど、モモコは自らの悦楽希求に無我夢中の体である。

「あん、ああッ、気持ちいいよぉ」

蕩けそうな表情でよがり、リズミカルに腰を振る。逆立った秘毛の真下から、ぬちゅぐちゃといっそう淫靡な粘つきがこぼれた。

(このひと、本当にバージンなのか?)

堂に入った腰づかいに、経験があるのではないかと思えてくる。亀頭の段差にクリトリスを執拗にこすりつけているから、少なくともオナニーはしているようだ。この様子だと、イクことも知っているのではないか。

いよいよ高みに至った彼女は、全身を歓喜に震わせた。

「ああ、あ、イク——いやいや、イッちゃふぅううゥッ！」

甲高いアクメ声を張りあげ、のけ反って裸身を痙攣させる。「う、うッ」と呻きを喉に詰まらせてから、ガックリと脱力した。あとは慎一郎に身を重ねて、ハァハァと息をはずませるだけになる。

（ふう……危なかった）

どうにか射精を回避できて、慎一郎は安堵した。ところが、香奈子はまだ撮りきっていなかったのだ。

「モモコ、腰のアップがまだなのよ。もう一回頑張って」

「は、はい」

命じられ、モモコが身を起こす。しかし、かなり強烈なオルガスムスだったらしく、フラフラである。再び腰を前後に振り出したものの、動きがぎくしゃくしている。

「ああっ」

声をあげ、また突っ伏してしまった。イッたばかりで、女芯が敏感になっているようだ。

「ったく、もうちょっとなのに。待ってられないわ。腰の代役を使うわよ」

香奈子がふたりの教え子を振り返る。値踏みするみたいに睨んだあと、

「錦織、脱いで」

由実花に白羽の矢を立てた。

「あ、あたしですか⁉」

狼狽する元ＯＬに、女監督が冷徹に「そうよ」と告げる。

「あなたのほうが経験豊富みたいだし、エッチな腰をしてそうだもの」

詩織と比較すれば、大人である由実花のほうが濡れ場には適任だろう。なのに、普段は勝ち気で横柄な彼女が、涙目でかぶりを振ったのだ。

「む。無理です。できません」

「できないってことはないでしょ。ＯＬ時代もヤリまくってたんだろうし」

香奈子の品のない指摘に、由実花が「うう……」と泣きそうに呻く。彼女の膝が崩れそうに震えていることに気がついて、慎一郎は（あれ？）と思った。

（そんなにおれとするのがイヤなのかな？）

まあ、スタッフたちの目だってあるし、裸になることに抵抗があるのか。だとしても、様子が尋常ではない。

そのとき、詩織がすっと前に出た。

「わたしがやります」

香奈子はあっ気にとられたふうであったが、せっかく撮影が盛りあがってきたのである。由実花の説得に時間を取られたくなかったのだろう。

「じゃあ、立野にお願いするわ」

代役を逃れて、由実花がホッとした顔を見せる。そんな彼女を振り返り、

「貸しにしとくわよ」

詩織がさらりと告げた。それから、少しもためらわず、その場で服を脱ぐ。

以前にも彼女は、慎一郎の前でスカートをめくってパンティを見せた。秘められた部分こそ晒さなかったものの、下着を脱ぐことすら躊躇しなかった。もともと裸になることが平気なのかもしれない。

実際、たちまち素っ裸になると、どこも隠さずセットにあがった。卵形の秘毛もまる見えのまま。

「どいてもらえる?」

無表情で告げられ、唖然となっていたモモコは、「あ、はい」と焦ってベッドからおりた。慎一郎はといえば、同い年の美少女を茫然と見あげるのみ。

意外と大きなバストが重たげで、そこはモモコと違う。しかし、撮るのは腰の部分だけだから問題ないのか。

(いや、マジかよ……)

まさか、詩織とベッドシーンを演じるなんて。もっとも、香奈子が欲しているのはワンカットだけのようである。

「それじゃ、乗るわよ」

「え?　あ——うん」

慎一郎がうなずくと、詩織が腰を跨いでくる。下腹にへばりつき、愛液に濡れて凶悪な色合いを呈している肉根に眉をひそめながらも、裏スジに女陰をぴったりつけて坐り込んだ。

(え——!?)

慎一郎が驚愕したのは、詩織の秘部がモモコ以上に濡れ、熱を帯びていたからである。濡れ場の撮影を見学しながら、ポーカーフェイスのまま昂ぶっていたのだろうか。

(だから見てるだけじゃ我慢できなくなったとか)

そう考えた途端、彼女が腰を前後に振り出した。

「くあああッ！」

ヌルヌルした恥裂で分身をこすられ、慎一郎はのけ反って喘いだ。詩織の腰づかいが高速で、ぐいぐいと重みをかけてきたからだ。

「あら、いい感じじゃない。そのまま続けてちょうだい」

香奈子は褒めたものの、慎一郎はそれどころではなかった。何しろ限界近くまで高まっていたものだから、直ちに爆発しそうだったのである。

(うう……すごすぎる)

目の奥でチカチカと光が瞬き、頭の芯が痺れてくる。このままでは一分と保たないのではないか。

詩織のほうもかなりの刺激を受けているはずなのに、表情はあまり変わらない。頬がわずかに火照って見える程度だ。

このままではＯＫが出る前に、精液が出てしまう。それだけは阻止せねばと死に物狂いで忍耐を振り絞っていると、

「はい、カット！　ＯＫよ」

香奈子の声がスタジオに響く。間に合ったと緊張を解いたところで、オルガスムスの波が押し寄せてきた。

「あ、あ、くうううっ！」

腰をぎくしゃくと跳ねあげ、慎一郎はめくるめく歓喜に意識を飛ばした。熱い滾(たぎ)りが尿道を駆け抜け、勢いよくほとばしる。

びゅるんッ！

糸を引いて放たれた白濁の汁は、顎にまで飛んできた。続く二陣三陣も、胸もとや腹部をべっとりと汚す。

その直後、

「あ――んうぅ」

詩織が切なげな呻きをこぼし、四肢を小刻みに痙攣させた。ひょっとして絶頂したのかと、慎一郎は気怠い快さにまみれながら思った。

「はあ、ハァ……」

息をはずませる美少女が、垂れた前髪が触れそうなほど顔を近づけてくる。しかも、眉をひそめた険しい面立ちで。

「……わたしが濡れてたことやイッたこと、誰かに言ったら許さないからね」

「う、うん」

「約束よ。破ったら、命の保障はないわ」

静かな口調ゆえに、妙に迫力がある。慎一郎はカクカクとうなずいた。

いつものポーカーフェイスに戻った詩織が、ひらりとベッドから飛び降りる。何事もなかったかのように。

（……立野さん、やっぱりイッたんだ）

彼女のぷりっとしたヒップが心地よさげにはずむのを、慎一郎はぼんやりと見つめた。

もうひとつのセットに目を向ければ、アツミとナオユキも身を重ねたまま、ぐったりとなっている。ふたりとも撮影であることなど忘れて交わり、昇りつめたのではないか。

「よし、あとはタカシの感じてる顔を撮ればいいのね。こっちにおいで」

手コキで果てた男優が呼ばれる。彼がベッドにあがると、女監督が自ら感じさせる役を買って出た。

「ちょっと、ローション持ってきて」

香奈子は粘っこい液体で指を濡らすと、タカシの肛門に突っ込んだ。前立腺マッサージで勃起させ、慣れた指づかいで屹立をしごきたてる。

「あああ、か、監督ぅ」

「監督じゃなくて、あなたの相手はモモコでしょ」

「うあ、あ、あううう」

情けない声をあげて身悶える彼を、慎一郎は身繕いをしながら眺めた。

(俳優って大変なんだなあ)

と、しみじみ思うのであった。

第三章　ＯＬパンスト論争

１

「じゃ、今日はここまで」

　その日最後の授業を終えた香奈子が、教室を出てゆく。やけに大股で、パンプスの踵を音高く鳴らして。

「今日の香奈子先生、機嫌が悪かったね」

　隣の席の詩織に、慎一郎はこそっと話しかけた。すると、彼女はいつものポーカーフェイスでさらりと答える。

「たぶん、ゆうべ放送されたあれが気に入らなかったんでしょ」

「あれ？　ああ――」

慎一郎はなるほどとうなずいた。

久々に仕事をもらい、香奈子はテレビ映画を撮ったのである。その現場には慎一郎たちも実習で参加し、思いもよらない代役までさせられた。

いつ日の目を見るかわからないとされていたそれが、昨晩放送されたのである。

低視聴率で打ち切りとなった、ゴールデンタイムの連続ドラマの代わりに。

河原崎香奈子監督の復帰作とも言えるその作品は、もともとスペシャル枠の代替を考えて製作されたものだった。長さも九十分はあったはず。ところが、ドラマ枠の一話分で放映されたものだから、半分近くがカットされた。

慎一郎は撮影に参加し、シナリオも読んでいたから、ストーリーがどうにか理解できた。しかし、そういう知識のない一般の視聴者は、展開が唐突すぎてついていけなかったのではないか。

慎一郎が一部代役をつとめた濡れ場は、当然ながらまるまるカットとなった。

まあ、仮にもっと長い時間枠であったとしても、ごく一部しか使えなかったであろう。卑猥すぎるし、公共の電波にのせられる代物ではない。ＣＳならともかく、地上波はまず無理だ。あれでは痴情波になってしまう。

ともあれ、せっかく撮った作品が納得のいくかたちで放送されなかったものだから、香奈子はおかんむりのようである。

「まあ、仕方ないわね。あの作品、監督にはファイナルカットが与えられてなかったみたいだし」

詩織の発言に、慎一郎は「え、何それ？」と首をかしげた。

「最終的な編集権のことよ。アメリカ映画なんかは、だいたいプロデューサーにあるみたいね。だから、あとになってディレクターズカット版なんてものが出てくるのよ。そっちは監督主導で編集したものなの」

「へえ」

「日本の映画は一般的に、編集権は監督にあるそうよ。だけど、河原崎先生のあれはテレビ映画だし、最終的にどうするかは、放映するテレビ局が権利を持っていたんでしょうね。もともと放送する枠も決まってなかったんだし。だから好き勝手に切り刻まれても、河原崎先生は文句が言えないのよ」

詩織の説明で、慎一郎も事情が呑み込めた。監督作品を滅茶苦茶にされてもクレームがつけられないものだから、香奈子は苛立っていたのだ。

そのおかげで、慎一郎はお茶の間に裸体を流されずに済んだわけである。顔は映っていなかったとは言え、正直なところ、永遠に放送されなければいいとさえ思っていた。

出演した若手俳優たちも、もしかしたらホッとしているのかもしれない。現場でのせられ、アダルトビデオさながらの濡れ場を演じたのだ。撮影のあと、かなり後悔したのではないか。

結局のところ、あの放送で腹を立てているのは、香奈子だけであろう。気の毒であるが、慰めるすべはない。

とにかく、授業が終わったのだから帰ろうと腰を浮かせたとき、再び戻ってきた香奈子が戸口から顔を覗かせた。

「向嶋、立野、錦織の三人、ちょっと教官室まで来なさい」

いつものメンバーで名指しされ、慎一郎は嫌な予感がした。

2

翌日、慎一郎たち三人は、とある会社に向かっていた。

いつもの実習ではない。香奈子が個人的に頼まれた仕事を、代わりにやるよう命じられたのである。いちおう実習の単位として認めてくれるそうだから、結局は同じことなのだが。

依頼は映像制作で、今回は撮影も演出もしなければならないと聞いている。これまでは指示されるままに動いていたけれど、そういうわけにはいかないようだ。責任を負わねばならないし、センスも問われるのだから。

それだけにやり甲斐があると、慎一郎はけっこう乗り気であった。

詩織は相変わらずのポーカーフェイスで、何を考えているのかわからない。由実花はと言えば、仏頂面で機嫌が悪そうだ。

(どうしちゃったんだろう……)

昨日、仕事先の会社を香奈子に告げられたときも、しかめっ面をしていた。どうやら行きたくない現場であるらしい。理由を知りたかったものの、話しかけるだけで怒鳴りつけられそうな雰囲気があったから、慎一郎は黙っていた。

「河原崎先生、あの放送がショックだったから、この仕事をする気がなくなったのね」

詩織が冷静に分析する。

「だけど、どうしておれたちに任せるんだろう？　まだ実習もそんなにしていないのに」

慎一郎の疑問には、「さあ」と興味なさげに首をかしげた。

「ヤケクソだったんじゃないかしら。誰でもいいって、適当に選んだとか」

それでは身も蓋もない。これまでの成果が認められたと信じたいのに。

そうこうするうちに、目的の会社に到着する。でんと聳え立つビルがやけに威圧的なそこは、「オキモノ物産」という総合商社であった。

「ずいぶん大きな会社なんだね」

慎一郎が感心すると、

「大したことないわよ」

吐き捨てるように言ったのは、由実花であった。ホテルみたいな回転ドアがふたつもある玄関の前で、入りたくないとアピールするみたいに顔を背けている。

（この会社に恨みでもあるのかな？）

首をかしげつつ中に入り、気後れしそうに綺麗な受付のお姉さんに用件を告げると、すぐに内線電話で連絡をとってくれた。

「それでは、エレベータで八階まであがっていただけますでしょうか。そちらの第三会議室で、総務部の者が対応いたします」

言われたとおりに八階まであがる。第三会議室はすぐに見つかった。

「失礼します」

ノックをして入室すれば、担当者はまだ来ていないらしく誰もいない。

教室の二倍ほどもありそうな部屋は、フカフカのカーペット敷きだ。会議用のテーブルや椅子が後ろ側に移動され、広くスペースをこしらえたところに、ビデオカメラや照明器具が据えつけられてあった。

すでに撮影準備はととのっているようである。内容については、社員教育用のビデオだと聞いていた。

(そんなもの、おれたちに撮れるんだろうか……?)

今さら不安がこみ上げてきたとき、会議室のドアが開く。

「お待たせいたしました」

入ってきたのは、二十代の半ばと思しき女性であった。

会社の制服であろう、モスグリーンのベストとタイトスカートを着こなした、いかにも仕事のできそうな女性である。ブラウスはピンク色で、襟には赤いラインの入った紺のリボンを結んでいた。

「ＥＬ０映像芸術専門学校の方々ですね。わたしはオキモノ物産総務部総務課の、門田玲子（かどたれいこ）と申します」

知的な美女がにこやかな笑顔で、三人に名刺を渡す。受け取ったそれには、名前の横に「主任」という肩書きも添えられてあった。

（まだ若いのに、もう肩書きがついてるのか……）

見た目のままに、仕事ができる女性なのだろう。一分の隙もなく整った制服姿からも、それが感じられた。足元の黒いシューズもピカピカで、かなり高級そうである。

「あの、おれ――僕は、向嶋慎一郎です」

慎一郎に続いて、詩織も名乗る。だが、由実花は仏頂面のまま何も言わない。

（どうしちゃったんだよ、いったい？）

まったくもって失礼極まりない態度だ。これでは仕事に厳しそうな玲子を怒らせる可能性がある。

すると、玲子が由実花の前についと足を進める。胸を反らし、腕組みをした。

「お久しぶりね、錦織さん。まさかこんなかたちで再会するとは思わなかったわ」

これには、慎一郎は驚愕せずにいられなかった。

（え、ふたりは知り合い!?）

ポーカーフェイスの詩織ですら、目を丸くしている。すると、由実花が忌ま忌ましげに舌打ちをした。

「あんたに会うために来たんじゃないわよ」

ふたりが眉間にシワを刻んで睨みあう。さすがに慎一郎は黙っていられなくなった。

「あ、あの、おふたりはどういったご関係なんですか?」

「関係なんてないわよっ!」

由実花が吐き捨てるように言う。

「ええ、そのとおりです。たしかに今は、縁もゆかりもありませんわね」

厭味っぽく答えた玲子が、指で艶めく髪をかき上げた。

「だって、このひとはもう、ウチの会社の人間じゃありませんから」

その言葉で、慎一郎はどういう関係なのかを理解した。

(じゃあ、由実花さんはオキモノ物産の社員だったのか!)

元OLなのは知っていた。だが、失恋したぐらいですっぱり辞めるぐらいだから、小さな会社で事務でもしていたのだろうと、勝手に想像していた。まさかこんな大きな会社に勤めていたなんて。

「このひとは、わたしと同期だったの。ただ、出世頭とダメＯＬで、身分はまったく違いましたけどね」

完全に馬鹿にした態度の玲子を、由実花がギロリと睨みつける。けれど、顔をぷいと背けて反論しなかったから、事実そのとおりだったのだろう。

（まあ、いかにもそんな感じだけど）

まさに勝ち組と負け組、選民と貧民というほど差がついているようだ。

「ま、そんなことはどうでもいいですね。それでは、制作していただくビデオについてご説明いたします」

玲子によると、内容は女子社員向けに、身なりやエチケットに関して指導するものとのことだった。

「最近の若い子たちは、何事も一から教えなくちゃいけないものですから、大変なんです」

と、まだまだ若いはずの玲子が、ため息交じりに嘆く。ひとの上に立つ者ゆえの悩みなのかもしれない。

そのビデオを、もともと香奈子が手がけることになっていたのは、彼女がいずれ撮るであろう新作に、オキモノ物産が出資を約束してくれたからだそうだ。要はスポンサーへのお礼というわけか。

「先生もお忙しくてご都合がつかないみたいで、今回は将来有望な若手映像作家ということで、皆さんをご紹介していただいたんです。どうぞよろしくお願いしますね」

本当に香奈子が自分たち三人を有望だと信じているのかは、怪しいところだ。しかし、玲子はかなり期待しているようである。これはしっかりやらなくちゃと、慎一郎は重圧を感じた。

(ただ、立野さんは頼りになるけど、由実花さんがなあ……)

普段ですら心許ないのに、今は完全にぶんむくれて、少しも協力的でない。暴走しないだけマシかもしれないが。

「最初のテーマはこれなんです」

玲子が用意してあった箱から取り出したのは、ベージュ色の薄い衣類——パンティストッキングであった。

(え、これがテーマって?)

慎一郎はきょとんとなった。女子社員に身なりやエチケットを啓蒙するビデオで、どうしてパンストが必要なのか。

「これをどんなふうに扱うんですか？」

　詩織も同じ疑問を抱いたらしく、玲子に質問する。

「我が社の女性社員には、清らかでエレガントな装いをするよう徹底しているのです。制服をうまく着こなすのはもちろんですけど、その他の部分でも隙がないように、品のよい身なりを心がけてもらわねばなりません。ですから、みだりに素脚など晒さず、ストッキングを着用し、エレガントな女性らしく振る舞ってもらいたいんです」

　わかったようなわからないような理屈に、慎一郎は首をかしげた。パンストを穿くことが、どうしてエレガントなのか。いささか前時代的に思えた。

「でも、それをわざわざビデオで伝える必要があるんですか？」

　詩織が続けて問いかけると、玲子は「もちろんです」とうなずいた。

「近ごろの若い子たちは、なかなかパンストを穿かないんです。あ、あなたもそうみたいね。ウチの新人も多くが、冬の寒いときでもナマ脚で過ごして、みっともなく鳥肌をたててるんですよ。そんなだらしのないことでは、我が社の品位が疑われます。それに、防寒という目的ばかりでなく、そもそも女性は男性の前で、みだりに肌を晒すべきではありません。そういう意味でも、わたしは女子社員にパンスト着用を義務づけたいと考えてるんです」

かく言う玲子の、膝上のスカートからのびるすらりとした美脚は、なるほどベージュの薄物に包まれていた。彼女自身は確かにエレガントであるが、それがパンストによってもたらされたものとは言い切れまい。ナマ脚でもそう変わりないのではないか。

詩織も慎一郎と同感らしく、怪訝な顔つきである。しかし、クライアントの要望は無下にできないと思ったか、それ以上の疑問を口にすることはなかった。

ところが、ここにひとり、反旗を翻す女がいたのである。

「フン。バッカじゃないの?」

せせら笑うように独りごちたのは、由実花であった。明らかに聞こえよがしであったから、玲子が気色ばむ。

「馬鹿とは聞き捨てならないわね。わたしの意見にケチをつけるつもりなの?」

それまでの丁寧な言葉遣いが消え、玲子が食ってかかる。同期ゆえに気が置けないというより、何か確執がありそうだ。

「パンストを穿けば上品になれるって? どこの馬鹿が唱えた学説よ。そんな単純なことでOKだっていうのなら、全国のマナースクールはつぶれちゃうわね」

言い放った由実花は、グレイのスーツ姿だが、スカートの下にストッキングを穿いていない。

（そう言えば、由実花さんはいつもナマ脚だったっけ）

エロ専の屋上で最初の課題を撮ったとき、詩織に命じられてスカートをめくった彼女は、たしか生パンティだったはず。だから玲子の主張に楯突いているのだろうか。

「わたしは見た目のエレガントさのことを言ってるの。それに、男性から好意的に見られるためにも、パンストは必需品なのよ」

「はあ？　男はナマ脚のほうが好きに決まってるじゃない」

「品性に欠ける男性ならね。我が社に訪れる立派な殿方は、パンストを穿いた品のある女性に惹かれるものなの」

「ただのジジイ趣味でしょ」

「何ですって！」

いがみあうふたりを前にして、詩織がぽつりと言う。

「このふたり、前々からこんな調子だったみたいね」

慎一郎も同意してうなずいた。由実花も玲子も、どちらも一歩も引かずに、己の主張を声高に述べる。

「だったらここで実験してみましょうか。ナマ脚とパンスト、どっちが男を喜ばせるか」

「望むところだわ。もしもパンストが勝ったら、あんたはこれから毎日、晴れの日も雨の日も真夏でも、たとえ浴衣や晴れ着や水着のときでも、パンストを穿き続けるのよ」

「いいわよ。その代わり、あたしが勝ったら、あんたはナマ脚超ミニのキャバ嬢みたいなカッコで、ここの役員たちに媚を売りなさい」

「上等じゃない。ふん。あとで泣いて謝ったって、許してあげないからね」

「それはこっちの台詞よ！」

何だか話がおかしな方向に進んでいる。慎一郎はあきれ返ってふたりを見守った。すると、由実花が怒り心頭でこちらを向く。

「わかったわね。あんたが審査するのよ」

いきなりとんでもない役割を押しつけられ、慎一郎は仰天した。

「ど、どうしておれが!?」

「ここには男があんたしかいないからよ」

「だからって――」

「そうですね。やはり向嶋さんに引き受けていただくしかなさそうですわ」

玲子まで賛同する。こんなときだけ結託しなくてもいいのにと、慎一郎は顔をしかめた。

3

由実花はともかく、クライアントである玲子の頼みは断れない。慎一郎はフロアに置かれた椅子に渋々腰かけた。

その前に、ふたりの女性が立ちはだかる。

「いい？　脚だけで勝負するのよ。パンツまで見せたら反則だからね」

「わかってるわよ」

由実花と玲子が、そろそろとスカートをたくし上げる。ナマ脚とパンスト脚が、太腿のかなり深いところまであらわになった。

ゴクッ――。

思わずナマ唾を呑み込んでしまう。特殊な状況とはいえ、若い女性の魅力的な脚が、目の前にふたりぶんも並んでいるのだ。

　もっとも、悠長に眺めている場合ではなかった。

「さ、どっち？」

「忌憚のない意見をお伺いしたいですわ」

　年上女性たちに迫られ、慎一郎は返答に詰まった。

「どっちって……」

「やっぱりナマ脚がいいんでしょ？」

「まさか。パンストのほうが大人の色気たっぷりで、セクシーに決まってるじゃない」

「は、セクシー？　寝言いってんじゃないわよ」

「あんたこそ、安物の大根みたいな醜い脚をしまったら？」

「おあいにく。こちとらあんたみたいに、パンストで隠さなくっちゃ人前に出せないような、小汚い脚じゃありませんから」

「ななな、何ですってぇ⁉」

　目の前でやり合われ、ますます答えづらくなる。というより、そもそもどっちがいいかなんて、判断できるはずがなかった。

（どちらじゃなくて、正直どっちもいいんだけど……）

由実花は意外にもきちんとお手入れをしているらしく、むだ毛のない脚は見るからになめらか。むっちりした太腿も色っぽく、ナデナデしたくなる。

一方、玲子のパンスト美脚のほうも、女性らしい柔らかなラインが強調されている。ナイロンの肌ざわりが気持ちよさそうで、頬ずりしたくなる。

「さ、どっち?」

「早く決めてください」

詰め寄られ、慎一郎はやむなく正直に答えた。

「どっちかなんて決められませんよ。たとえば、おれはラーメンもカレーも好きだから、どちらかを選べと言われても困ります。つまりそういうことなんです」

わかりやすく喩えたつもりが、例題が庶民的すぎたため、かえって彼女たちの反感を買ったらしい。

「なによ、あたしの脚がラーメンみたいだっていうの?」

「このパンスト、ブランド物でとても高いんですからね。カレーなんて安っぽいものといっしょにしないでいただけるかしら」

頓珍漢な反論を浴びて、慎一郎は窮地に陥った。藁(わら)にも縋(すが)る思いで、背後にいた詩織を振り返る。

(どうかしてよ――)

目で訴えると、彼女が仕方ないというふうにため息をつく。それから、ついと前に出た。

「おふたりとも、そんなふうに無理やり答えを引き出そうとしても意味がないですよ。真実が知りたかったら、からだに聞けばいいんです」

「え、からだに?」

「どういうことなんですの?」

由実花と玲子が眉をひそめる。慎一郎も意味がわからず、目を白黒させた。

「ちょっとこちらに来ていただけますか」

詩織がふたりを手招きする。離れたところで女三人、何やらヒソヒソと話し合った。

(何をするつもりなんだ?)

嫌な予感がふくれあがる。ここは逃げたほうが得策かと腰を浮かせかけたとき、三人が一斉にこちらを向いた。

「じゃ、わかりましたね」

「ＯＫ」

「了解ですわ」

うなずき合うなり、由実花と玲子が飛びかかってくる。

「うわ！」

ふたりをよけようとして椅子から落ち、慎一郎は床に転がった。カーペットが柔らかかったから痛くはなかったが、上半身を由実花に押さえ込まれた上に、玲子がズボンのベルトに手をかける。

「な、なにを――!?」

「問答無用！」

たちまちズボンをブリーフごと脱がされ、下半身すっぽんぽんにされる。玲子は奪い取った衣類を、詩織に渡した。

「か、返してくれっ！」

股間を手で隠して頼み込んだものの、同い年の美少女は冷淡に首を横に振った。

「それは無理よ。向嶋君がきちんと判定するまで、わたしがあずかります」

「判定って――」

「さ、そこに寝るのよ」

由実花が腰に両手を当てて命じる。

「パンストの良さを、向嶋さんにわからせてさしあげますわ」

玲子も不敵な笑みを浮かべた。

女三人を相手に多勢に無勢、味方もなく孤立無援ではどうしようもない。慎一郎は泣く泣く従わされ、床に寝そべった。

「ほら、男でしょ。隠さないの」

股間の手も由実花に無理やりはずされ、半分皮をかぶったペニスがあらわになる。屈辱に、涙がこぼれそうになった。

（こんなことして、何をしようっていうんだよ？）

腰の両側に立つふたりを見あげ、睨みつけたものの、そんなことで怯むような女性たちではなかった。

「じゃあ、わたしからね」

「いいわよ」

何をするのかわからないが、先行は玲子に決まったようだ。エレガントを自称していた彼女がシューズを脱ぎ、片方の足を持ちあげる。

「どちらが気持ちいいか、ちゃんと判定してくださいね」

この依頼に、慎一郎は（まさか——）と蒼くなった。そして予想したとおり、ストッキングで包まれた爪先が、牡のシンボルへと差しのべられる。

「ちょ、ちょっと——あああっ」

ナイロンのなめらかなザラつきが、敏感な器官をすりすりと撫でる。背すじがザワつくような快感が広がり、慎一郎は背中を浮かせて喘いだ。

「ほら、気持ちよさそう。やっぱりパンストのほうがいいのね」

艶っぽい笑みをこぼした玲子が、今度はペニスを踏み踏みする。それにもあやしい昂ぶりがこみ上げ、海綿体が多量の血液を呼び込んだ。

（こ、こんなことで比べようっていうのか!?）

彼女たちの意図を察して間もなく、慎一郎は硬く勃起した。

「ふふ、大きくなりましたわ」

玲子が得意げに小鼻をふくらませる。パンストの足で、硬く強ばりきった牡の性器を踏みながら。

「くうう、や、やめてください」

「あら、ペニスをこんなに硬くしておいて、今さら何をおっしゃるの？」

哀願しても、彼女は面白がるばかり。言葉遣いは上品でも、やっていることは下品きわまりない。薄いナイロンに包まれた足指で、血管を浮かせた筒肉を握ろうとまでする。

綺麗なお姉さんから淫らな施しをされ、慎一郎はあやしい快さに身をよじりつつも、疑問を覚えずにいられなかった。パンストとナマ脚のどちらがよいのかを比べるのに、どうしてペニスを愛撫しなければならないのか。

（これも立野さんの入れ知恵なのか？）

提案者であろう美少女に、恨みのこもった視線を向けても、詩織は相変わらずのポーカーフェイスだ。繰り広げられる淫靡な行為を、他人事みたいに眺める。

いったい何を考えているのかと、怒りがこみ上げる。ところが、玲子が足指の付け根のふっくらしたところで、ペニスに心地よい圧迫を与えたものだから、そんなことはどうでもよくなった。

「ああ、あ、駄目――」

「これが気持ちいいのね。ペニスがどんどん硬くなるわ」

狂おしい愉悦が高まり、頭がぼんやりしてくる。

（うう……こんなことで感じるなんて）

足裏の感触や、ストッキングのなめらかさは確かに快い。それ以上に、制服姿の美人ＯＬに足で奉仕されることに、背徳的な悦びを得ていたのだ。

「ほら、透明なおツユが出てきましたよ」

鈴割れに丸く溜まったカウパー腺液が、表面張力の限界を超えて下腹に滴る。

玲子は爪先でそれを掬い取り、亀頭にヌルヌルと塗り広げた。

「くああ、あ」

くすぐったい気持ちよさに身をよじり、慎一郎は息を荒ぶらせた。

「すごく感じてるみたいですね。ペニスもビクビク脈打ってますよ」

主任の肩書きを持つエリートＯＬが、はしたない戯れに熱中する。パンストの爪先が牡の粘液で汚れることも、まったく気にならないふうだ。

（うう……まずいぞ）

射精欲求が高まり、慎一郎は歯を食い縛った。ほとばしらせたくてたまらなかったものの、さすがにみっともないとどうにか堪える。

それでも、容赦のない足コキで、危機的状況が迫った。

「ああ、もう」

とうとう観念しようとしたとき、

「次はあたしよ」

由実花が名乗りを上げ、玲子が足を浮かせた。

（助かった……）

しかし、安堵したのも束の間、今度はシューズを脱いだ由実花が素足を差しのべてくる。

「うーー」

先走りで濡れた牡器官の生々しさに抵抗を覚えたのか、彼女は寸前で足を止めた。迷う素振りを示したものの、玲子が勝ち誇った態度で腰に手を当てているのを見て、闘志を燃やしたようだ。

「絶対に、ナマ足のほうが気持ちいいんだからね」

自らに言い聞かせるように独りごち、ライバルのＯＬがしたのと同じように、ペニスを爪先ですっと撫でる。

「あふうううッ」

爆発寸前まで高まっていたために、慎一郎は声をあげるほど感じてしまった。腰をカクカクと跳ねあげ、悦びを全身で訴える。

「ほら。やっぱりこっちのほうがいいんだわ」

由実花は喜々としてナマ足の愛撫を続けた。ためらいは失せたようで、カウパーのヌメリも利用して敏感な部位を刺激する。

パンストを着用した足とは、感触が明らかに異なっている。素足は指の腹や付け根のぷにぷにした心地よさが、よりダイレクトに感じられた。

とは言え、それだけでどちらが良いと決められるものではない。ストッキングのなめらかさも捨てがたいし、何より足ワザの巧みさも、快さに大きく関わっていた。

（うう……気持ちいいけど）

最初こそ身悶えたが、慣れてくると玲子との差が歴然としてくる。感じるポイントを的確に責めてきたのはエリートＯＬのほうで、由実花はそのあたり、ただ見よう見まねでやっているというふうだ。

おかげで、慎一郎はだいぶ落ち着いた。与えられる悦びを、冷静に比較することもできた。

「そのぐらいでいいんじゃないかしら」

詩織に声をかけられ、由実花は爪先をはずした。どこか釈然としない顔つきなのは、自分でも手応え、いや、足応えを感じられなかったからではないか。

「で、どっちが気持ちよかったの？　もちろんあたしよね」

苛立った口調で由実花に訊ねられ、慎一郎は返答に詰まった。正直に告げたら、彼女が気分を害するに決まっているからだ。

「正直におっしゃってくだされぱいいのよ」

「向嶋君、判定をお願いするわ」

玲子と詩織にも言われ、曖昧に誤魔化すことができなくなる。

「えと……単純に気持ちよかったのは、門田さんのほう――」

最後まで聞く前に、由実花が目を急角度に吊り上げた。

「ど、どうしてなのよっ⁉」

憤りをあらわにする彼女とは正反対に、玲子は勝ち誇った笑みを浮かべた。

「ほら、ご覧なさい。やっぱりパンストのほうが気持ちいいんですわ」

この決めつけに、慎一郎は慌てて理由を説明した。

「い、いえ、そうじゃないんです」

「え？」

「気持ちよかったのは、門田さんのやり方がじょうずだったからで、パンストか素足かっていうのはそんなに関係ないんです。ていうか、パンストも素足も、やっぱり両方とも気持ちよかったんです」

話を聞いて、由実花は安堵の表情を浮かべた。ほら見なさいというふうに胸を張ったものの、すぐしかめっ面になる。

「それって、あたしがヘタクソだってこと?」

不機嫌をあらわに詰め寄られ、慎一郎は「いや、あの……」と狼狽した。

「由実花さんがヘタクソっていうんじゃなくて、門田さんのほうがより巧みっていうか、ツボを心得てるっていうか――」

しどろもどろに答えれば、由実花が不服そうに「フン」と鼻を鳴らす。

「そりゃ、男を取っ替え引っ替えしてるビッチ女だもの。チ×チンの扱いがうまいのも当然だわ」

「な、何ですって!」

怒り心頭という玲子が食ってかかる。由実花も「なによ!」と敵意をあらわにし、今にも取っ組み合いが始まりそうだ。

「やめなさい、ふたりとも」

詩織があきれ顔でたしなめる。年下にもかかわらず、由実花や玲子よりも態度が大人びていた。

「だったら、テクニックなんて関係ない方法で確かめればいいわけね」

考え込むふうに首をかしげてから、詩織が両手をぱちんと合わせる。

「だったら、今度はペニスじゃなくて、顔で判断してもらえばいいんだわ」

いったいどういう方法なのか。さっぱり予想がつかず、慎一郎は目をぱちくりさせた。

4

慎一郎はタオルで目隠しをさせられた。下半身を脱ぎ、仰向けのままで。

足コキをしないのなら、ズボンを穿かせてくれと頼んだのである。ところが、

「どのぐらい昂奮しているか、そこでチェックしなくちゃいけないから」

と、詩織が許してくれなかった。

視界を奪われ、慎一郎は不安に苛まれた。これから何が始まるのか、戦々恐々としていると、誰かが顔を寄せてくる気配がある。

「これから錦織さんと門田さんが順番に坐るからね。どっちが向嶋君をより昂奮させるのかはわたしが調べるから、向嶋君はただ寝ていればいいわ」

詩織の声だった。

「坐るって、どこに？」

「顔によ」

つまり、顔面騎乗をされるのか。それでパンストと生パンの、どちらのおしりがいいのか比べるようだ。目隠しをされたのは、視覚による昂奮を排除するためらしい。

「じゃ、いいわよ」

詩織の声に続いて、誰かが顔を跨ぐ。あたりの空気が揺らめき、何かが接近してくるのがわかった。

そして、柔らかなものが顔に重みをかける。

「むうう」

快い窒息感に、慎一郎は呻いた。

パンストを穿いていないことは、頬に当たる感触ですぐにわかった。つまりこれは、由実花のヒップなのだ。

だが、仮に彼女がパンストを穿いていたとしても、確実に見分けられたはず。なぜなら、記憶にあるなまめかしいチーズ臭を嗅いだからだ。

（これ、由実花さんの匂いだ！）

品のない、いささかケモノっぽい媚香は、それゆえに牡の昂ぶりを呼ぶ。慎一郎は萎えかけていたジュニアをいきり立たせ、雄々しく脈打たせた。

「むふッ」

突如襲来した快美感に、鼻息が荒ぶる。硬く勃起した分身を、柔らかな手が握ったのである。

「ふうん……こんな感じなのね」

その声で、詩織の手だと悟る。彼女はニギニギと強弱をつけ、硬さを確認しているようだ。

「だいたいわかったわ。それじゃ交代して」

由実花が離れ、代わって玲子が坐ってくる。パンスト尻で遠慮なく体重をかけ、息苦しくなるほどに。鼻も陰部に深くめり込む。

ところが、匂いのほうはそれほど感じられない。わずかにオシッコの磯くささがある程度だった。

仕事のできるＯＬは身だしなみだけでなく、デオドラントにも気を配っているのだろう。クロッチに違和感があるから、オリモノシートを内側に貼っているのかもしれない。

ヒップの感触は素晴らしかったが、匂いが物足りなかったぶん、昂ぶりはそれほどでもない。それはペニスを握る詩織にも伝わったようである。

「向嶋君が昂奮したのは、錦織さんのほうですね」

この報告に、由実花が「当たり前でしょ」と得意げに相槌を打つ。もちろん玲子が納得できるはずがない。

「そ、そんなはずないわっ！」

美人ＯＬが地団駄を踏む。昂奮した理由を突っ込まれずに済んで、慎一郎はホッとした。

「ふん。まあいいわよ。これで一対一のおあいこってわけね」

玲子の発言を、由実花は負け惜しみとしか受け取らなかったようだ。

「何がおあいこよ。いい加減、負けを認めたら？」

小馬鹿にした口調は、かつての同僚をかなり怒らせたようだ。

「負けてるのは明らかにそっちでしょ!?　今だって、あんたのデカ尻に窒息しそうになったから、ペニスが硬くなっただけよ」

「デカ尻とはなによ！」

今度は由実花が声を荒らげる。案外体型にコンプレックスがあるのだろうか。

顔に乗った感触からして、ふたりのヒップサイズにはほとんど差が無いようなのであるが。

「だいたい、どうして窒息したらチ×チンが硬くなるのよ!?」

「男っていうのは、息絶えそうになると子孫を残さなくちゃいけないって本能が働いて、勃起するようになってるの。あんたのデカ尻で死にそうになったから、この子のペニスは早く射精しなきゃって硬くなったのよ」

遠慮なく重みをかけ、慎一郎を呼吸困難にさせた玲子が主張する。自分がまったく見えていないようだ。

「ワケのわかんない理屈をこねてんじゃないわよっ！　それよりは、あんたのおしりがウンチくさくて、チ×チンが萎えたって考えるほうが自然でしょ」

今度は由実花が品のない理由をでっちあげる。

「失礼なこと言わないでっ！　誰のおしりがウンチくさいのよ!?」

「おしりじゃなきゃ、オマ×コがくさかったのかしらね。しっかり洗ってないから、ビラビラやクリちゃんのとこにマンカスが残っちゃうのよ」

「わたしのおま×こには、そんなものついてないわよッ！」

「うるさいわねえ。とにかくあんたの負けなんだから、オマ×コ洗って出直してきな」

　妙齢の美女ふたりが、口汚く罵りあう。本当のところ性器が強く匂ったのは、由実花のほうなのだ。そのため慎一郎は昂奮したのである。

（……ふたりとも、こんな無益な争いはやめればいいのに）

　慎一郎が寝そべったままあきれていると、腕を引いて助け起こされる。目隠しがはずされて最初に見たものは、こちらをじっと覗き込む詩織の顔であった。

「だいじょうぶだった？」

　相変わらずの無表情ながら、心配してくれているらしい。もっとも、こんな状況に陥れたのは、他ならぬ彼女なのである。

　不意に、詩織に勃起を握られたことを思い出し、慎一郎は耳まで熱くなった。

「も、もう、ズボンを穿いてもいいんだよね？」

　うろたえ気味に確認すれば、美少女の首が無情にも横に振られた。

「まだ何かするの⁉」

「最終決戦よ。でも安心して。今度は向嶋君のペースで進められるから」

　いったい何をさせられるのかわからず、困惑する。すると、詩織が年上の女性ふたりに指示を出した。

「では、最終ラウンドを行ないます。ふたりともスカートをめくって、壁のほうを向いて立ってください」

「え？」

「今度は何をするのよ？」

疑問をあらわにした美女たちに、詩織が説明する。

「素股です」

「え、スマタ？」

「おふたりには並んでおしりを突き出してもらいます。向嶋君が太腿のあいだにペニスを差し込んでセックスのように動きますから、しっかり挟んで気持ちよくしてあげてください。それで、ナマ脚とパンストの、どちらの感触が優れているのかを判定します」

これには聞かされたふたり以上に、慎一郎が唖然となった。

「だけど、どっちが気持ちいいのかなんて、主観でどうとでも言えるわけでしょ。本当にそうなのかは、わからないじゃない」

最初の判定で負けにされた由実花が、不服そうに述べる。

「それならだいじょうぶです。射精するまで交互に続けてもらいますから」

「え、どういうことですの？」

　玲子も疑問をあらわにした。

「最後の瞬間は、本能的に気持ちのいいほうを選ぶはずなんです。両方を充分に堪能してもらった上で、向嶋君がどちらでイキたくなるのかで勝敗を決めます。つまり、射精したほうの脚が優れているということです」

　詩織の主張に、由実花も玲子も納得したようだ。

「ＯＫ、わかったわ」

「うふ、たっぷり感じさせてあげますわよ」

　ふたりは壁際に進み、ためらいもなくそれぞれのスカートをめくりあげた。パンストと生パンの、むっちりしたヒップがふたつもあらわになる。

（うわぁ……）

　床に坐り込んだまま、慎一郎はうっとりと見とれた。

　さっきは見られなかったパンティは、由実花がピンクで玲子は白だ。裾にレースの施された、大人の女性に相応しいエレガントな下着が、豊満な丸みにぴっちり張りついている。

（パンストって、けっこういいかもしれないぞ）

見た目では、慎一郎は玲子のパンスト尻のほうに軍配をあげていた。パンティそのものは、由実花のほうが光沢もあり、サイズも小さめでセクシーである。一方、美人ＯＬの下着は、薄いナイロンに透けることで、やけに色っぽく感じられたのだ。

「さ、立って」

詩織に促され、慎一郎は立ちあがった。壁に両手をつき、魅惑の丸みを突き出したふたりの美女の背後に進む。

「ほら、好きなように突いていいのよ」

由実花が妖艶な眼差しで振り返る。

「わたしが気持ちよくしてさしあげますわ」

玲子も挑発的な笑みを浮かべた。

「あ、ちょっと待ってて」

詩織がいったん下がり、自分のバッグから何やら持ってくる。白いボトルのそれは乳液のようだ。肌の乾燥を防ぐために持ち歩いているのだろうか。

彼女は手に白い液体をたっぷりとると、そそり立ったままのジュニアにヌルヌルと塗り込めた。

「あああ」

　慎一郎は喘ぎ、崩れそうに膝を震わせた。

「さ、これでいいわ。どちらでも好きなほうからペニスを挟んでもらって。あとは射精するまで腰を振るのよ」

　はしたない指令にうなずき、フラフラと前に出る。誘うように振られるヒップの、まずはパンスト側を慎一郎は捕まえた。なめらかな手ざわりにもうっとりしつつ、太腿の付け根部分にペニスをすべり込ませる。

「おおお」

　思わず声が出る。わずかにざらっとしたナイロンが亀頭粘膜をこすり、予想以上に気持ちよかったのだ。さらに、玲子が太腿をキュッと閉じたことで、お肉の柔らかさが快感を倍増させる。

（ああ、すごい）

　慎一郎はパンスト尻を両手で支え、腰を前後に振った。未だ経験していない、セックスそのものの動きで。

「あぁーん」

　玲子が首を反らし、甘い声を洩らす。反り返る肉棒が女芯をこすり、感じたのだろうか。

そして、慎一郎はそれ以上の悦びを得ていたのである。

二十代の張りのあるヒップが波立つほど、勢いよく下腹を叩きつける。分身が高速でこすられ、あまりの気持ちよさに腰が砕けそうだ。

じゅわり――。

尿道を熱いものが伝う。多量の先走りが溢れたようだ。

「ねえ、こっちも早く」

由実花が不服そうに要求しなければ、そのままパンストの内腿に精液をぶちまけていたであろう。

「あ、ああ……うん」

名残惜しかったが、慎一郎は玲子の太腿からジュニアを引き抜いた。今度は同じく年上女性のナマ脚に、それを挟んでもらう。乳液に加えてカウパー腺液もまぶされたから、潤滑成分を足す必要はなかった。

「ったく、こんなに硬くして」

顔を後ろに向けた由実花が睨んでくる。そんなにパンストの脚がよかったのかと咎めるみたいに、太腿でペニスをキツく締めつけた。

「うああぁっ」

慎一郎はのけ反り、膝をカクカクと震わせた。

(うう、こっちも気持ちいい)

ナマ肌はお肉の柔らかさがダイレクトに感じられ、しかもなめらかである。腰を振ると、敏感な粘膜がにゅるにゅると摩擦されるのだ。

薄いナイロンの隔たりがないぶん、より一体感の増した快感が得られる。本当にセックスをしているみたいだ。

まあ、童貞だから、本当のセックスがどんなものか知らないのであるが。

「うう、バカ……オマ×ココすらないでよ」

由実花が切なげに尻をくねらせる。彼女も反り返る肉棒の段差で、クロッチを摩擦されていたのだ。パンストを穿いていないぶん、刺激が強いのではないか。

「ほら、わたしのほうももっと愉しんでよ」

エリートOLに呼び戻され、再びパンストの美脚へ。一度ナマ脚を味わったせいかザラつきが新鮮で、最初以上の快さを得られた。

「こっちもよ。さ、早く」

要請されてナマ素股に挑めば、にゅるにゅるぷにぷにで感じまくる。

(ああ、どっちにすればいいんだろう)

交互にパンストとナマ脚を堪能し、性感がぐんぐんと高まる。どちらも最高で捨てがたい。あちらを立てればこちらが立たず、勃つのはチンコばかりなり。

かくして、詩織が指摘したとおり、慎一郎はどっちを選べば最高の射精が得られるかと、いつしかそればかりを考えていた。

そして、到達した結論は——。

(ええい、こうなったら両方だ!)

慎一郎は、並んだヒップを密着させ、そのあいだにカチカチの勃起をすべり込ませた。

「キャッ、なに?」

「ちょ、ちょっと、何やってるのよ」

ふたりに咎められるのもお構いなく、一度にナマ腿とパンスト腿を味わう。ミックスされた快感は、二倍どころか四倍にもふくれあがり、慎一郎はオルガスムスの波に巻かれた。

「あああああ、い、いく」

全身を歓喜に震わせ、青くさいザーメンをびゅるびゅるとほとばしらせる。射精量も普段の倍近くあったのではないか。

「ああ、これは引き分けってことですね」

詩織の出した結論に、由実花も玲子も納得せざるを得なかったようだ。

「ま、今回はドローってことにしてあげるわ」

「ふん。次こそは決着をつけるからね」

「望むところだわ」

ライバル同士が握手をし、互いの健闘を称(たた)えあう。スカートがめくれて、下着がまる見えのはしたない格好で。

(何なんだよ、いったい……)

慎一郎は床にへたり込み、ビデオ撮影はどうなったんだよと顔をしかめた。

第四章　土下座して初体験

1

　どんな女性でも土下座して頼み込めば、セックスをさせてくれる。そんな著しく信憑性に欠ける雑誌の記事を鵜呑みにするほど、慎一郎は切羽詰まっていたのかもしれない。

（ようするに経験がないから、いつも振り回されるんだよな）

　エロチックな場面に遭遇しても、弄ばれるばかりで男として扱われない。これではいつまで経っても童貞のままだ。

　今後も訳のわからない実習に行かされ、予期しない目に遭う可能性がある。その前に、ちゃんと初体験をしたかった。男になれば自信もついて、状況に流されずに済むし、異性の前でも臆せず意見を述べられるはずだ。

以上の見解から童貞卒業を目論んだのであるが、肝腎なのはその相手を誰にするのかという点であった。

そもそも異性の知り合いなど限られている。エロ専で同じグループの詩織と由実花、あとは担任の香奈子先生ぐらいか。

(手っ取り早いのは、立野さんか由実花さんだよな)

元ＯＬの由実花は、性格はともかく美人だし、年齢からして経験豊富だろう。詩織は同い年でも、普段の大胆かつ冷静な振る舞いからして、かなり男を知っていそうだ。

(由実花さんは性格がキツいから、あれこれ注文をつけられそうだな。でも、立野さんは何を考えているのかわからないところがあるし……)

頼んでも断られるとは考えなかったのは、土下座すればどうにかなると信じ込んでいたからだ。そして、さんざんに迷った挙げ句、慎一郎が決めた相手は——、

「お願いします。どうかおれの初めての女性になってください」

屋上へ呼び出したそのひとの前で、コンクリートの床に額をこすりつけて頼み

込む。相手がどんな顔をしているのか見えなかったものの、

「な、なに言ってるのよ。バッカじゃない!?」

と、うろたえたふうな声が聞こえた。顔を上げて窺えば、顔を真っ赤にした彼女——由実花が狼狽をあらわにしていた。

(口ほどには拒んでないみたいだぞ)

同じグループの仲間であり、これまで苦楽を共にしてきた。慎一郎が苦を背負い込んだ場合がほとんどだったけれど、この際どうでもいい。色々あったぶん、真剣に頼めば受け入れてくれるはずだ。

「お願いです。でないと、おれはますます駄目になってしまうんです」

童貞卒業を決意した理由を切々と訴える。しっかりと目を見て、真剣に。

これまで由実花に、真っ正面からお願いをしたことなどなかった。それゆえに無下にできなかったのか、彼女は苦虫を嚙みつぶしたような顔を見せつつも、慎一郎の主張を余さず耳にしていた。

(これならイケるかも)

期待を胸に、必要なことをすべて告げてから、もう一度土下座する。

「お願いです。こんなことを頼めるのは、由実花さんしかいないんです。どうか

おれを男にしてください。よろしく頼みますっ！」

恥も外聞もプライドもなく懇願したことで、由実花は渋々であるが願いを聞き入れてくれた。

「わかったわよ……」

仕方ないという態度をあからさまにした返事でも、承諾してくれたのは間違いない。慎一郎は飛び上がらんばかりに喜んだ。

「ありがとうございます。由実花さんみたいに魅力的な女性と初体験ができるなんて、おれ、すごく幸せです」

本当にいいのかと再度確認しなかったのは、せっかくの決断を撤回されたくなかったからだ。由実花は気圧（けお）されたふうに背すじを反らせ、忌ま忌ましげに唇を歪めたから、もはや受け入れざるを得なくなったようだ。

「そ、その代わり、あたしが満足できる場所でするのよ。あと、エッチのとき、必ずあたしの言うとおりにすること。いいわね⁉」

初体験ができるのなら、その程度のことは何でもない。慎一郎はすかさず「わかりました」と答えた。

2

由実花が指定した場所は、ラブホテルではなく普通のシティホテルだった。それも、綺麗な夜景が見えるロマンチックな部屋でなければ許さないという。

「こういうのはムードが大切なの。ラブホテルみたいにヤルだけの場所なんて、絶対にお断りだからねっ」

経験豊富なら、今さらムードなんて求める必要はないと思うのだが。もしかしたら、ゴネまくって約束を反故にしようという魂胆なのか。

そうはさせじと、慎一郎は徹底的にリサーチをして、条件に合う部屋を見つけ出した。学生ゆえに予算が限られていたものの、どうにかここならというホテルを予約することができた。

当日、部屋に入った由実花は、窓からの夜景を一望するなり「わあ」と感嘆の声をあげた。

「思ってたよりもいい部屋じゃない」

広くて綺麗な室内にも目を向け、満足げにほほ笑む。けれど、慎一郎がホッとしたのに気がついたか、バツが悪そうに顔をしかめた。

「ま、まあ、場所は合格よ」

褒めたことで後戻りができなくなり、まずいと思っているようだ。

エロ専ではシンプルなスーツ姿が多いのだが、今日の由実花はフリルの多いブラウスにミニスカートと、愛らしいコーディネイトである。いい加減な格好で来なかったのは、特別な夜だという意識があるからに違いない。

期待がふくらみ、慎一郎は浮かれてニヤけそうになった。屋上でオナニーをさせられたり、ＯＬ時代の同僚との無益な争いに巻き込まれたりしたことすら、今ならいい思い出として語り合えそうだ。

「じゃあ、あたしの言うとおりにしてもらうわよ」

ダブルベッドに腰をおろした由実花が腕組みをし、ふんぞり返る。

「もちろん、わかってます」

うなずいた慎一郎だったが、次の言葉に驚愕した。

「あたしの前でオナニーをしなさい。今すぐによ」

慎一郎は反射的に周囲を見回し、どこかにカメラがあるのかと探した。最初の実習で彼女に自慰行為を命じられ、撮影されたことを思い出したからだ。

しかし、この期に及んで破廉恥な行為を記録するほど、由実花はひねくれていなかった。それに、彼女が述べた理由にも、いちおう納得がいった。

「あんた、童貞ってことは、オマ×コにチ×ポを挿れたら、すぐに精液を出しちゃうかもしれないでしょ？　それだとあたしが愉しめないし、少しでも長く持たせるために、一回出しておいたほうがいいのよ」

確かにそうかもしれないと、慎一郎はうなずいた。挿入してすぐに果てるなんて醜態を、初体験の場で見せたくない。

ただ、自分で処理することには、抵抗を覚えずにいられなかった。

「オナニーってことは、自分でするんですか？」

問いかけに、由実花は「当たり前じゃない」と眉根を寄せた。

「自分でするからオナニーなんでしょ」

「だけど、どうせなら由実花さんにしてもらったほうが――」

前戯としてふたりで愉しめば、お互いに昂奮して一石二鳥かと考えたのである。ところが、最後まで言わないうちに美貌がみるみる険しくなったものだから、提案を撤回するしかなかった。

「わ、わかりました。でも、どこでするんですか？」

「そこですればいいじゃない。あたしが見ててあげるから」

「こ、ここでって、立ったまま？」

ベッドの脇にいた慎一郎は、情けなく顔を歪めた。

「あの、できれば横になりたいんですけど。立ったままだと、なかなかイカないと思うんです」

両手を合わせて頼み込むと、由実花はしょうがないという顔で許してくれた。

「じゃあベッドでいいわ。その代わり、素っ裸でするのよ」

あくまでも辱めるつもりらしい。ひょっとしたら無理な注文をして、こちらが引き下がるのを待っているのだろうか。

（だとしても、絶対に諦めないからな）

今日こそは脱童貞をするのだと、強い意志で臨んでいるのである。慎一郎はためらいもなく、着ているものをすべて脱いだ。

年下の男があっさり全裸になって、由実花はかなり戸惑ったふうだ。それでも、強気な態度を崩さずに命じる。

「ほら、ここでしなさい」

自分はベッドの端に脚を崩して坐り、慎一郎に真ん中で寝そべるよう促す。

しっかり見物するつもりらしい。

仰向けになった慎一郎であったが、由実花に股間を覗き込まれ、さすがに恥ずかしくなる。初体験への期待はふくらんでも、ペニスは萎えたままであった。

「さっさとシコシコしなさいよ」

品のない命令に、軟らかな分身を握ってしごいたものの、勃起する気配はない。それはそうだろう。昂奮を掻き立てるものがないのだから。

「あの……せめてパンツとか見せてもらえませんか？」

駄目もとでお願いすると、由実花が目を丸くする。

「ど、どうしてあたしが――」

言いかけて口をつぐんだのは、理不尽な命令をした自覚があるからだろう。

「ったく、しょうがないわね」

ブツブツこぼしながらも、ミニスカートをめくってくれる。現れたのは、裾をレースで飾られたピンクのパンティだった。この色がお好みらしい。

「可愛い下着ですね」

慎一郎が褒めると、由実花は頬を紅潮させてうろたえた。

「い、いいから、さっさとしなさいよっ！」

ベッドにぺたりと尻を突き、膝から下をハの字に開いて桃色のインナーを見せつける。煽情的なパンチラポーズに、欲望が高まった。

慎一郎は顔だけを横に向け、卑猥な縦ジワを刻んだクロッチを凝視しながら、徐々にふくらんでゆくジュニアをしごいた。

「やん、大きくなってきた……」

握り手からはみ出したペニスを目にして、由実花がやるせなさげにつぶやく。ヒップをモジモジさせたから、男の自慰行為に昂奮しているのだろうか。

(前におれのオナニーを撮影したのも、単に自分が見たかっただけだとか)

お高くとまっているようで、実はけっこうエッチなのかもしれない。だったらもっと見せつけてやれと、慎一郎は彼女のほうに股間を突き出して強ばりをしごいた。完全勃起したそれは頭部を赤く腫らし、鈴口が早くも湿ってきたようである。

「なによ、うれしそうにシコシコしちゃって。見られて昂奮してるの？ あんたって、やっぱりヘンタイよ」

憤慨しながらも、由実花はその部分から目を離せない様子だ。まばたきをするのも忘れて、いきり立つ牡器官を見つめ続ける。

（え、濡れてる？）

クロッチの中心に小さなシミを発見し、慎一郎は胸をはずませた。やはり彼女は昂ぶっているようだ。それを誤魔化すためなのか、

「もうガマン汁が出てるじゃない。ったく、恥知らずな男ねえ。そんなにオナニーを見られるのがいいわけ？」

眉間のシワを深くして、不快感をあらわにする。

見られながらのオナニーに、ゾクゾクしたのは否定できない。お姉様の視線を浴びるジュニアは、もっと見てとばかりに雄々しく脈打った。

そのとき、妙案が浮かぶ。

「由実花さんもいっしょにしませんか？」

誘いの言葉に、彼女が目を丸くする。一瞬の間を置いて、声を荒らげた。

「どど、どうしてあたしが、あんたとオナニーをしなきゃいけないのよ!?」

「だって、おれたちはセックスをするんですよ。互いのすべてをさらけ出すんだから、オナニーを見せあうぐらいどうってことはないと思うんですけど」

「お、オナニーとセックスは別物じゃない」

「そうですか？　単にひとりでするのか、ふたりでするのかっていうぐらいで、

そんなに違いはないと思うんですけど」

「違うわよ。大違いだわ」

「じゃあ、どう違うのか説明してください」

「う──」

由実花が言葉に詰まる。予想もしなかった提案を持ちかけられ、パニックを起こしたようだった。そうと見抜いて、慎一郎はここぞとばかりにまくし立てた。

「お願いします。ふたりでオナニーをすれば昂奮して、おれも早く射精するはずです。それに、由実花さんみたいに綺麗な女性がオナニーをするところも見たいんです。あと、おれは童貞で、女性のことが全然わからないから、この機会にいろいろ勉強したいんです。オナニーを見せてもらえれば、女性はどうすれば感じるのか、どこを愛撫すればいいのかもわかると思うんです。だからお願いします。いっしょにオナニーをしてください。そうすれば初体験もうまくいく気がするんです。おれの脱童貞のために、協力してください」

反論の間もなくそこまで言われて、彼女は追い込まれたようである。いや、案外肉体が疼いていたから、快感を求めたくなったのかもしれない。

「もう……しょうがないわね」

渋々という態度を示しつつも、要請を受け入れる。

「そ、その代わり、パンツは脱がないからね」

しかめっ面で告げ、由実花はクロッチの上から恥割れをなぞった。

「あん」

艶めいた声を洩らし、ナマ白い内腿をわななかせる。

（ああ、いやらしい）

着衣でのオナニーも、それなりに煽情的だ。もちろん、未だ目にしたことのない、恥ずかしい部分をすべて見たかったけれど。

（まあ、とりあえずはいいか）

そのうち我慢できなくなって、自分から脱ぐかもしれない。その気にさせるべく、慎一郎は年上女性の自愛行為を眺めながらペニスをしごいた。

「ったく、先っちょをそんなにヌルヌルにしちゃって。いやらしいわね」

カウパー腺液でヌメる亀頭を見つめ、由実花のほうも濡れた陰部を刺激する。呼吸をはずませ、ハの字に開いた膝を、少しもじっとさせられない様子だ。

程なく、クロッチの濡れジミが大きくなる。恥割れを縦方向になぞる指の、両側にはみ出すぐらいに。

そんなものを見せられたら、慎一郎もたまらなくなる。おまけに、蒸れた甘酸っぱい匂いが漂ってきたものだから、危うく爆発しそうになった。

（く……まだだ）

この程度のことで果ててはもったいない。せめて由実花のアソコを見てからと、新たな欲求が頭をもたげる。

「気持ちいいですか、由実花さん？」

彼女が頰を赤く火照らせ、「う、うん」とうなずく。悦びにひたることで、素直になっているようだ。これならいけるかもしれない。

「おれ、由実花さんのアソコが見たいです」

このお願いに、彼女はハッとしたように身を強ばらせた。

「な、なに言ってるのよ。バッカじゃない!?」

うろたえまくるものの、頰は赤いままだ。慎一郎は再び懇願した。

「だけど、セックスをするときには見せてくれるんですよね？」

「そ、それは……」

「だったら、今か後かの違いだけじゃないですか。おれは女のひとのアソコを見たことがないし、前もってどうなっているのか知っておかないと、うまく挿れられないと思うんです」

「そんなもの、ネットでいくらでも見られるでしょ？」

「写真じゃなくて、実物の女性器です」

「でも、今は……」

ためらう由実花に、もう少しだと食いさがる。

「お願いです。おれに由実花さんのアソコを見せてください」

勃起したペニスを握りながらそんなことを頼むのは、我ながらヘンタイじみているとと思わないではなかった。しかし、なりふり構っていられない。

「ったく……ちょっとだけだからね」

彼女は渋々と折れ、願いを聞き入れてくれた。もっとも、パンティは脱がずに、クロッチに指をかけてそろそろとめくる。

「ああ」

慎一郎は思わず感嘆の声を洩らした。

由実花の秘毛は思ったよりも淡かった。ヴィーナスの丘にポワポワと萌える程度だ。おかげで、赤みがかった肉唇を邪魔されず観察することができた。

（これが由実花さんの──）

魅惑の縦ミゾは、花弁のはみ出しがほとんどない。秘毛がなかったら、幼児のワレメと変わりないだろう。二十四歳とは思えないいたいけな眺めに、あやしいときめきを禁じ得ない。

「すごく綺麗です、由実花さんの」

「こ、こんなところが綺麗なわけないでしょ」

感じたままを率直に告げると、年上の元ＯＬが赤面した。

「いえ、本当に綺麗です。おれ、胸がすっごくドキドキしています」

「す、スケべっ！」

泣きそうに目を潤ませる由実花は、あらわにした秘所を隠そうとはしなかった。綺麗だと褒められて、少しは気をよくしたのだろうか。

「もっと近くで見てもいいですか？」

慎一郎の頼みも拒むことなく、「勝手にすればいいでしょ」とそっぽを向く。

(可愛いな、由実花さん)

情愛を募らせ、慎一郎は寝そべったまま顔を彼女の股間へと近づけた。制止されなかったのをいいことに、ほとんど目と鼻の先というところまで。

「近すぎよ。デリカシーがないいんだから」

なじりながらも、由実花は見ることを拒まなかった。ピンク色のワレメを悩ましげに収縮させ、ヒップをモジつかせる。

チーズっぽい、蒸れた乳酪臭がむわむわと漂ってくる。以前にも嗅いだことのある、飾り気のない秘臭だ。

(由実花さんの匂いだ)

懐かしさを感じて、小鼻をふくらませる。年下の男の視線を浴びて昂ぶったのか、煽情的な媚香がいっそう強まった。

(ああ、たまらない)

見ているだけなんて我慢できない。

「ここ、舐めてもいいですか?」

問いかけるなり、下のお口がキュッとすぼまる。あたかも、してほしいとねだるみたいに。ところが、上の口から発せられたのは、真逆の言葉だった。

「冗談言わないでよ。バカっ!」

しかし、目が落ち着かなく泳いでいるから、本心はそうされたいのだ。

「冗談でこんなこと言えません。だいたい、おれは前に、由実花さんのおしりの穴を舐めたじゃないですか」

「だ、だからどうだっていうのよ⁉」

「あのときの恥ずかしがる由実花さん、とても可愛かったんです。またああいう由実花さんが見たいんです」

「可愛いって――」

年下のくせに生意気だと思ったか、彼女が眉をひそめる。けれど、女芯が物欲しげに何度もすぼまったから、やはり舐めてもらいたいのだ。

「ふん。好きにすればいいじゃない」

突き放す態度を示して顔を背ける。素直じゃないなと内心で苦笑しつつ、慎一郎は可憐な恥割れにくちづけた。

「キャッ」

軽く吸っただけで、小さな悲鳴があがる。舌を合わせ目に差し入れ、内部に溜まった温かな蜜をかき出すと、女らしい下半身が痙攣した。

「あ、あ、いやぁ」

艶めく声を洩らし、ヒップをくねらせる。遠慮なく躍る舌を捕まえようとしてか、恥割れがせわしなくすぼまった。

クンニリングスは初めてでも、童貞ゆえにああしたいこうしたいと妄想をふくらませ、その手の本やメディアで研究もしたのだ。その甲斐あって、迷うことなく女芯をねぶることができる。

（ああ、美味しい）

甘露な蜜を味わいながら、慎一郎はペニスをしごき続けた。唾液を塗られた女芯の、生々しいかぐわしさにも昂奮が高まり、頂上が迫る。それでも、先に由実花をイカせるべくクリトリスを吸いたてれば、

「あ、あ、イク――イッちゃうぅぅ」

アクメ声とともに、艶腰がベッドの上で跳ねる。慎一郎もめくるめく歓喜に包まれ、粘っこい精液をドクドクと放った。

3

由実花がシャワーを浴びるあいだに、慎一郎はベッドに飛び散ったザーメンの後始末をした。

（これからいよいよ初体験だ）

ペニスは完全に縮こまっていたが、彼女と抱きあって愛撫を交わせば、すぐに

復活するであろう。

どんなふうに行為を進めようか、童貞の分際であれこれシミュレーションをしていると、由実花がバスルームから出てきた。水滴の光る裸身に、バスタオルを巻いただけの格好で。

「何やってるのよ?」

ベッドの上でボーッと坐り込んでいた慎一郎に、眉をひそめる。

「え? ああ、いや――おれもシャワーを浴びます」

慎一郎は彼女の脇をすり抜け、そそくさとバスルームに飛び込んだ。

ユニットバスながら広く、湯気が残る空間には、ボディソープの甘い香りが立ちこめていた。それ以外に、人工的ではないかぐわしさも感じられる。年上女性のフェロモンに違いない。

(ここで由実花さんは、からだを洗ってたんだよな……裸になって――)

目撃したばかりの、バスタオル一枚のセクシーな格好を思い返し、胸を高鳴らせる。さらに、一糸まとわぬ姿も想像して、股間が熱くなった。

(今度は由実花さんと、素っ裸で抱き合えるんだぞ)

そして、女体にペニスを挿れることだってできるのだ。温かくてヌルヌルして、この上なく心地よいところに。

あれこれ考えるだけで、ジュニアが血液を集め出す。愛撫を交わすまでもなくそそり立ったそれを。慎一郎は丁寧に洗った。昂奮しすぎたため、ボディソープをつけてヌルヌルとこすっていたら、危うく爆発するところであった。

どうにか気を静めて、部屋に戻る。腰にバスタオルを巻いただけの格好で。

（え？）

ベッドに腰かけた由実花を見て目を丸くする。なんと、彼女は服を着ていたのだ。これで終わりだと言わんばかりに、

「遅いわねえ。ほら、早く服を着なさいよ」

「ど、どど、どうしてですか⁉」

「帰るからに決まってるじゃない。あんなにたくさん精液を出したんだし、もう満足でしょ？　チ×チンも小さくなってたし」

言われて、慎一郎はようやく悟った。オナニーをさせたのは、ペニスを萎えさせるためだったのだと。役立たずになれば、セックスをする必要はない。

（だからアソコも見せてくれたのか）

昂奮すれば、それだけ多量に精液を出すものと想定して。まあ、それは勘繰り

すぎだとしても、最初からからだを許すつもりなどなかったらしい。

（クソ……童貞を卒業したいっていう、男の純情を弄びやがって！）

土下座してヤラせてと頼んだくせに、純情とは図々しい。

「終わりなんかじゃありませんよ。これを見てください！」

腰のバスタオルをはらりと落とせば、牡のシンボルが勢いよく反り返って下腹を叩く。バスルームで勃起させてよかったと、慎一郎は得意顔であった。

「嘘──」

信じられないという顔で、由実花が目を瞠る。

「おれのは、もうギンギンなんです。一度出したぐらいじゃ足りません」

力強く脈打つものを誇示して言い放てば、彼女が悔しげに顔をしかめる。反論できないのを見抜き、慎一郎は挑発する作戦に出た。

「ひょっとして、由実花さんは怖いんですか？　おれのペニスが立派だから、これでヒーヒー泣かされるんじゃないかって」

これには、由実花があからさまに動揺する。

「こ、怖くなんかないわよ。そんな童貞チ×ポ、大したことないわ。見くびらないでっ！」

「だったら、ヤラせてくれればいいじゃないですか。おれにオナニーをさせて逃げようなんて、姑息すぎます」

「逃げるって……そ、そんなつもりじゃ」

「だったら、ちゃんとおれの童貞を奪ってください。おれは由実花さんの希望どおりに、この部屋をとったんです。けっこうお金がかかったし、何もしないで帰れるはずないじゃないですか」

分身を振りかざして詰め寄れば、由実花が忌ま忌ましげに顔を歪める。年上としてのプライドから、引き下がれなくなったようだ。

「わかったわよ。だったら、さっさとオマ×コに挿れなさい！」

ヤケ気味に命じ、スカートを脱ぐ。パンティも毟るように爪先から抜いた。

そうして下半身だけすっぽんぽんになると、ベッドに転がって大の字になる。

さあどうぞと言わんばかりに。

（え、全部脱いでくれないのか？）

慎一郎は落胆した。せっかくの初体験だし、素っ裸で抱きあいたかった。

しかし、ヘタに注文をつけたら、彼女がヘソを曲げる恐れがある。だったらセックスなんてしないとゴネるかもしれず、要らぬ口実を与えるべきではない。

慎一郎は黙ってベッドにあがり、大胆に開かれた脚のあいだに膝を進めた。いたいけな秘唇に胸をときめかせ、手を差しのべる。

(え?)

割れ目に触れた指先が、ヌルッとした感触を捉えたものだから、慎一郎は驚いた。そこは淫靡な蜜を滲ませ、蒸れたように熱くなっていたのだ。

(なんだ、由実花さんもその気になってるんじゃないか)

帰るなんて言ったのは、照れ隠しだったのかもしれない。なおも恥裂をヌルヌルとこすれば、女らしい下半身が悩ましげにくねる。

「あうう」

彼女は顔を背けたまま、半開きの唇から声を洩らした。明らかに感じているとわかる反応である。

「由実花さんのここ、すごく濡れてますよ」

告げると、頰が赤く染まる。

「う、うるさいわねえ。いちいちそんなこと言わなくていいわよ」

憤慨したものの、敏感な肉芽を刺激され、下腹をビクンと震わせた。

「きゃふぅんッ」

子犬みたいに啼いて、切なげに眉根を寄せる。

「うう、意地悪しないで……」

涙目でこちらを睨み、声を震わせる彼女は、とても年上に見えなかった。

(可愛いな、由実花さん)

悦びに恥じらう顔を見せられると、居丈高な言動も許せる気がする。あれは精一杯の虚勢だったのではないか。

今のこれが、彼女の真の姿なのかもしれない。募る情愛に抗いきれず、慎一郎はからだを重ねた。すると、彼女がハッとしたように見あげてくる。

「由実花さん――」

呼びかけて、唇を重ねようとすると、

「キャッ」

悲鳴をあげた由実花が、また顔を背けた。

「え?」

慎一郎は戸惑った。キスを拒まれるとは思ってもみなかったのだ。

「キスは駄目なんですか?」

訊ねると、彼女は落ち着かなく目を泳がせた。

「あ、当たり前じゃない。あたしはあんたの童貞を切ってあげるだけなんだから。キスは恋人同士がすることだし、どうしてあんたとしなくちゃいけないのよ」

からだは許しても、守るべき一線があるということか。たしかにそうかもと納得はしたものの、

（由実花さんが、そんな一途なことを言うなんて）

似合わないと言ったら失礼だが、意外に感じたのは事実である。

ともあれ、童貞を卒業できればいいのだ。ファーストキスは、恋人ができるまでとっておけばいい。

「わかりました。セックスだけで我慢します」

「我慢って……」

不服そうに顔をしかめた由実花であったが、

「おれのペニスを導いてもらえますか？」

このお願いには、またも狼狽した。

「ど、どうしてあたしが、そこまでしなくちゃいけないのよ!?」

「だって、おれは初めてなんですよ。どこに挿れればいいのかよくわからないし、失敗したくないんです」

理由を丁寧に述べると、彼女が顔をしかめる。露骨に嫌そうな顔をしながらも、ふたりのあいだに手を差し入れた。

「ったく……こんなにギンギンにしちゃって」

つぶやくようになじり、強ばりきった肉根をギュッと握る。

「あうっ」

慎一郎は呻き、腰をブルッと震わせた。考えてみれば、由実花にペニスをさわられたのは初めてだ。思いのほか気持ちよくて、ほとばしらせそうになる。

(く――まだだ)

初体験の前に漏らしては、元も子もない。懸命に忍耐を振り絞る。

「あん、すごく脈打ってる」

しゃくり上げるものが、女体の中心へと導かれる。ふくらみきった先端が秘割れにめり込み、そこから身につまされる熱さが伝わってきた。

(いよいよ童貞とおさらばだ)

あとは真っ直ぐ進むだけで、念願が果たせるのである。

「ここでいいんですか?」

「ん……たぶん」

心許ない返答も、この際どうでもいい。

「それじゃ、行きますよ」

鼻息も荒く腰を沈めようとしたとき、

「イヤッ！」

鋭い悲鳴をほとばしらせた由実花が、慎一郎を勢いよく突き飛ばす。

「うわっ！」

哀れ童貞青年は、ベッドの下に転がり落ちた。

「いてててて」

腰をしたたかに打ち、それでもどうにか起きあがれば、由実花がベッドの上でからだを丸め、泣きじゃくっている。まるでレイプでもされたみたいに。

「どうしたんですか、いったい？」

困惑して訊ねれば、

「無理よ、できるわけないじゃないっ！」

と、彼女が悲愴な声で訴えた。

（つまり、おれとなんか絶対にしたくないってことなのか……）

そこまで嫌われていたのかと、慎一郎はショックを受けた。しかし、次の由実花の言葉に驚愕する。

「だって、あたし、初めてなんだもの……まだバージンなんだからねっ！」

信じ難い告白が、ホテルの部屋に反響した。

(由実花さんが……ば、バージン⁉)

たった今耳にしたことがとても信じられず、慎一郎は何度もまばたきをした。経験豊富なお姉様に手ほどきをしてもらおうと、初体験の相手に彼女を選んだのである。まさか未経験だなんて、思いもしなかった。

(おれのことを童貞だって、さんざん馬鹿にしていたのに)

しかも最初の実習では、彼女の命令でオナニーまでさせられたのだ。たしかに、牡のシンボルを興味深げに観察していたふうではあったが。

そのとき、あることを思い出して(あっ！)となる。

「ひょっとして立野さんは、由実花さんがバージンだと知ってるんですか？」

詩織に何やら耳打ちをされた由実花が、彼女の言いなりになったことを思いだしたのだ。もしかしたら、処女だとバラされたくなかったら言うことを聞きなさいと、脅されたのではないか。

「うう……そうよ。あの子はどうしてだか知らないけど、あたしが経験がないって知ってたのよ！」

　おとなしそうな美少女だが、それだけ洞察力が優れているのだろうか。

　由実花は二十代も半ばで、エロ専の学生では年長である。それだけに処女だなんて知られたくなかったであろうし、慎一郎を馬鹿にしたのは、コンプレックスの裏返しだったのかもしれない。

「だけど、どうしてなんですか？」

　問いかけに、由実花が「え？」と顔をあげる。ベッドの下の慎一郎に、きょとんとした面持ちを向けた。

「どうしてって、何がよ？」

「いや、どうして経験がないのかと思って」

　途端に、彼女が憎々しげに眉を吊り上げる。

「なによ、それ。ば、バカにしてるわけ!?」

　怒りをあらわにされ、慎一郎は焦った。

「いや、そういうんじゃないんです。由実花さんは綺麗だし、すごくモテそうな気がするのに、どうしてなのかと思って」

　弁明すると、美貌が紅潮する。今にも泣き出しそうに目を潤ませた。

「き、綺麗って……そんなお世辞を言ったって、何も出ないわよっ！」

訳のわからないことを言い、今さらのように股間を両手で隠す。急に恥ずかしくなったらしい。

おそらく、素直じゃないところとか、あとは居丈高で意地っ張りな性格が、男を遠ざけたのではないか。それから、片想いの相手を見返すという理由だけで会社を辞めるなんて、猪突猛進なところも。

ただ、ベソかき顔の由実花は、慎一郎の目に可愛らしく映った。入学以来の付き合いで、情が移ったのだろうか。

そもそも、このひとならと決めて、土下座までして初体験の相手をお願いしたのだ。好きでも何でもなかったら、頼むわけがない。

しかし、いい加減な気持ちがあったのも事実である。

(童貞を捨てたいとしか考えてなかった、おれが悪いんだよな……)

相手の都合などおかまいなしで、自分のことしか頭になかった。その身勝手さが、彼女を傷つけたのである。

慎一郎はベッドにあがった。真剣な顔で「ごめんなさい」と謝ると、由実花は理解しがたいふうに目をパチパチさせた。

「由実花さんの気持ちも考えないで、初体験の相手になってほしいなんてお願いして、おれが軽率でした。反省します。ごめんなさい」

すると、由実花がバツが悪そうに顔をしかめた。

「……べつに、あんただけが悪いんじゃないわよ。一度は引き受けた、あたしにも責任があるんだから」

「だけど、おれが無神経だったせいで、結果的に由実花さんを傷つけることになったんですから」

誠意を込めた謝罪が伝わったようで、彼女が小さくうなずく。

「もういいの。わかったから」

由実花は居住まいを正すと、慎一郎を真っ直ぐに見つめた。

「ねえ。あたしがどうして、あんたとエッチする気になったかわかる？」

「いえ……」

「正直、この年でバージンなんてみっともないから、早く捨てたかったのよ。だから、あんたに土下座されたとき、チャンスかもしれないって思ったの」

だから服装もロストバージンに相応しく、愛らしくまとめていたのか。それでいて、慎一郎にオナニーをさせて逃げようとしたのは、ここまで来て後悔したた

めかもしれない。その後、結局は受け入れることにしたようながら、

「だったら、さっきはどうしておれを突き飛ばしたんですか？」

「怖くなったからに決まってるじゃない、バカ」

睨まれて、慎一郎は首を縮めた。

「あたしだって、いちおう女の子なんだからね。初めては怖いのよ。そんなおっきくなったものを挿れられるんだから」

むくれた由実花であったが、気まずそうに視線をはずす。

「そりゃ、女の子って年でもないけどさ……」

耳を赤く染めた彼女に、慎一郎の胸は大いにときめいた。

（由実花さんって、ホントに可愛いな）

エロ専に入学してすぐに、威張りくさった彼女に振り回されたのだ。けれど、今は印象が変わっていた。相変わらず傲慢で意地っ張りでも、それは愛すべき個性に感じられた。

と、モジモジして俯いた由実花が、上目づかいで見つめてくる。

「ね……しようか」

「え、何を？」

「エッチよ。決まってるじゃない」

「い、いいんですか⁉」

「ん……」

ちょっとだけ迷う素振りを見せた彼女が、決意を固めた面差しでうなずく。それから、はにかんだ笑みを浮かべた。

「あんたのこと、信用してもいいかなって思えてきたの。処女膜を破られることも、そんなに怖くなくなったわ」

もちろん慎一郎に異存はない。

「は、はい。是非」

「それじゃ――」

由実花がベッドに横たわろうとする。

「あ、ちょっと待ってください」

「え、なによ？」

「あの……できれば全部脱いでほしいんです」

「全部って、素っ裸になれってこと⁉」

「だって、せっかくの初体験なんですから、そのほうがいいと思うんです」

「うー」

眉根を寄せて唸った由実花であったが、たしかにそうだと納得したようだ。

「わかったわよ……だけど、絶対に笑っちゃダメだからね」

「え、笑う？」

意味がわからず戸惑う慎一郎の前で、年上の女がブラウスを脱ぐ。パンティとお揃いの、桃色のブラジャーに包まれたおっぱいが現れた。

（けっこうプロポーションがいいんだな）

感心したものの、最後のひとつが取り去られるなり目を疑う。

（え⁉）

ブラの下から出現したのは、実に控えめな美乳、いや、微乳であったのだ。Aカップあるかどうかも疑わしい。ブラを着けた状態でたわわに見えたのは、パッドを入れていたからだろう。

唖然となった慎一郎を、一糸まとわぬ姿になった由実花がキッと睨む。両腕で胸元を庇い、「なに見てるのよ！」と怒鳴った。

「あ——いえ、その」

「悪かったわね。どうせあたしは貧乳よ！」

悔し涙を浮かべる彼女に、どう言葉をかければいいのかわからない。ただ、コンプレックスをあからさまにしたベソかき顔が、愛らしかったのは事実である。

（あ、そうか。だからあのとき——）

慎一郎は思い出した。香奈子のテレビ映画撮影のとき、からだの代役を求められた由実花が涙目で拒んだのは、胸を見られたくなかったからなのだ。

「由実花さん……すごく可愛い」

思いを込めて告げると、彼女は真っ赤になった。

「かか、可愛いって——それ、あたしのおっぱいのことなの!?」

「違いますよ。由実花さん自身が、とても可愛いって言ったんです」

「うう……な、生意気よ、あんた」

羞恥に唇を歪める彼女の肩を抱き、慎一郎はベッドに横たえた。裸身を重ね、真上から覗き込む。

「由実花さん、キスしてもいいですか？」

「え——う、うん……」

さっきは恋人同士がすることだと拒んだのである。こうして受け入れたのは、心を許した証であろう。

慎一郎はそっと唇を重ねた。ふにっとした柔らかさと、そこから洩れるかぐわしい吐息を感じるなり、全身が熱くなる。

（とうとうキスしたんだ！）

念願のファーストキス。舌を入れるなんてとてもできず、慎一郎は同じ姿勢でじっとしていた。それは由実花も同じで、全身を強ばらせている。

唇が離れると、ふっくらした頬が紅潮していた。閉じていた瞼を怖ず怖ずと開き、彼女が濡れた瞳で見つめてくる。

「キス……しちゃった」

つぶやいて、クスンと鼻をすする。由実花も初めてのくちづけなのだ。

愛しさが募り、ペニスが脈打つ。切っ先は、温かく濡れた女芯を捉えていた。

「いいですか？」

短く問いかけると、由実花が「うん」とうなずく。再び瞼を閉じ、長い睫毛を震わせた。

処女の秘苑は柔らかく蕩け、しとどになっている。あとは腰を沈めるだけで、結合が果たせる。慎一郎は童貞を、由実花は処女を捨てられるのだ。

ところが、なぜだかできなかった。由実花の表情が強ばっているのを見て、罪悪感にかられたせいもある。これでいいのかという思いにも囚われた。

「……やっぱりやめましょう」

告げると、彼女が目を開ける。

「うまく言えないけど、このましちゃうのって良くない気がするんです。あと、そんなに焦ることもないのかなって」

「……ん」

由実花が小さくうなずく。ホッとしているようにも見えた。

「じゃあ、このまま休みませんか？」

裸で抱きあって眠ることを提案したとき、いきなりクローゼットの扉が開いたものだから、ふたりは仰天した。

「え!?」「キャッ！」

驚きの声が交錯する。

中から現れたのは、詩織であった。しかも、手にビデオカメラを持って。

「せっかく感動の初体験を撮影できると思ったのに、残念だわ」

しれっとした顔で述べた彼女に、慎一郎も由実花も唖然とするばかりだった。

「言っとくけど、わたしも処女なの。だから、あなたたちとはお仲間ってわけ」

やにわに告白し、詩織が同性の裸体を眺める。薄い笑みを浮かべ、

「もっとも、わたしのおっぱいはGカップだけどね。まあ、前に見たから知ってると思うけど」

由実花が「ムキーッ」と悔しがるのを尻目に、美少女は踵を返して部屋を出ていった。

「っていうか、ど、どうしてあいつがここにいるのよ!?」

今さらのように疑問を口にした由実花に、慎一郎は「さあ」と首をかしげることしかできなかった。

（ホントに、得体の知れない子だよね……）

第五章　パーティ狂想曲

1

その日の放課後、慎一郎は香奈子先生の教官室に呼ばれた。

「ねえ、率直に訊くけど、向嶋君ってイジメられてるの？」

デスクの前で、椅子に腰掛けて向かい合うなり、予想もしなかった質問をされる。慎一郎は返答に詰まったが、彼女がそんなことを訊ねた理由は、容易に察しがついた。

（きっとあれのことだな）

最初の実習で、オナニーをさせられたことを言っているのだろう。さらに、由実花のおしりの匂いを嗅ぎ、射精するところも撮られたのだ。

あれは香奈子には、グループの女の子から苛められているように映ったのではないか。そうなれば、担任として放ってはおけまい。

「いいえ、イジメられてなんかいません」

きっぱり答えたものの、香奈子は訝るように眉をひそめた。

「本当に?」

「はい、本当です」

「じゃあ、これは?」

彼女がデスクのパソコンを操作する。ムービーファイルが再生され、慎一郎は驚愕して目を見開いた。

(こ、これは——)

カーペット敷きの広い部屋。見覚えのあるそこは、香奈子の代役で映像制作を頼まれて訪れた、オキモノ物産の会議室であった。

そして、下半身のインナーをあらわにした女性に顔面騎乗をされているのは、間違いなく自分だ。

(いつの間に撮影されてたんだ?)

誰が撮ったのかなんて、考えるまでもない。あの場でそれができたのは、ひとりしかいないのだ。

「例のオキモノ物産の案件、内容を考え直すからって延期になったみたいだけど、いちおう実習の単位取得も兼ねてたから、立野さんが記録としてこれを提出したのよ」

やっぱり詩織であった。カメラは持っていなかったから、スマホで撮影したのであろう。

「あと、立野さんからは、グループで制作したっていう自由課題も提出されてるんだけど」

「ど、どんなやつですか？」

「初体験のドキュメンタリーよ。向嶋君と錦織さんが出演した。アングルやカット割りが細かくて、ドキュメンタリーにしては凝ってたんだけど」

それだけで、あのシティホテルでの一件だとわかった。カメラは詩織が持っていたものだけでなく、あちこちに仕掛けられていたらしい。

「どんな作品なのか、わかる？」

「え、ええ、まあ……」

「てことは、向嶋君も同意した上で、あれを撮らせたってこと?」

同意したわけではないが、隠し撮りだとも言いづらい。詩織を庇うわけではなく、自分たちの恥ずかしい言動がすべて記録されたに違いないから、完全なるノンフィクションだと思われたくなかった。

「同意っていうか、まあ、ひとつの作品として成り立てばいいかなって……」

曖昧に誤魔化すと、香奈子が眉をひそめる。

「作品のために、オナニーするところも撮らせたの? あと、バスルームでオチ×チンを洗って、勃起させるところも」

やはりカメラは、いくつもあったようだ。

「い、いえ、あれはその……あくまでも演技というか」

露出狂だと誤解されたくないのに加え、先生がオナニーや勃起なんて卑猥な言葉を口にしたことに、慎一郎はうろたえた。撮影のときはともかく、普段の言動はごくまともだったのだ。

(ていうか、何者なんだよ、立野さんは?)

お嬢様ふうではあったが、本当にお金持ちの家柄かもしれない。あのホテルも、彼女の一族が経営しているのだとか。でなければ、カメラをあちこちに仕掛けたり、クローゼットに侵入するなんてできっこない。

おまけに、慎一郎があの部屋で、由実花と初体験をするつもりだったのも知っていたのだ。もしかしたら、普段からすべての情報が筒抜けなのだろうか。

（ひょっとして、おれの部屋に盗聴器でも仕掛けてるんじゃ――）

それだけでなく、知らぬ間にスマホやパソコンにウイルスでも仕込まれて、たとえばネットの検索履歴やメールなど、すべてのプライバシーが暴かれている可能性もある。

「じゃあ、無理やりいやらしいことをさせられてるわけじゃないのね？」

念を押され、「はい」と返事をする。香奈子はようやく安心したようだ。

「ならいいんだけど」

つぶやいて、納得したふうにうなずく。何かを思い出したか、やるせなさげにため息をついた。

「まあ、向嶋君にいろいろやらせたわたしに、あれこれ言う資格はないんだけど」

香奈子が監督したテレビ映画のことを言っているのだろう。慎一郎はからだの代役を命じられ、素股で射精したのだ。彼女は撮影となると人格が豹変するから、やむを得ないところである。

慎一郎が黙っていると、香奈子がいきなり身を乗り出してきた。

「ねえ、向嶋君って、あの子たちの前でたくさん射精したじゃない」

またも直球な質問をされ、絶句する。

「立野さんは向嶋君と同い年だし、錦織さんだってまだまだ若いでしょ。やっぱり、若い子とのほうが昂奮するの？」

そんなこと考えもしなかったから、慎一郎は目を白黒させた。

「いや……べつに年齢は関係ないと思いますけど」

「本当に？　立野さんが出した最初の課題で、向嶋君は錦織さんのおしりの穴をペロペロして、おしりの割れ目にオチ×チンをこすりつけてたけど、たとえばわたしのおしりでも昂奮して、精液がたくさん出るの？」

昂奮しないなんて言ったら、香奈子に失礼である。映画監督として才能があるのはもちろんのこと、女性としても充分に魅力的なのだから。

「それは——まあ、はい」

質問の意図を深く考えずに答えると、彼女が安堵の笑みをこぼした。

「じゃあ、やってみて」

香奈子がいそいそと立ちあがる。スカートをたくし上げて中に手を入れると、薄物をするすると脱ぎおろした。

（先生、何を――）

予想もしなかった展開に、慎一郎は固まった。いったいどうして、彼女はこんなことを始めたのか。

（まさか、立野さんが提出した作品で昂奮して――）

盗撮した初体験ドキュメンタリーに劣情を煽られ、パンストとナマ脚のエロエロ対決や、慎一郎たちが最初に撮った課題動画も見返して、たまらなくなったのではないか。その中でも、屋上アナル舐めとチ×チンホットドッグが最もお気に召したことが、発言から窺える。

そんなことを考えるあいだにも、香奈子はスカートを腰までめくりあげた。少しもためらうことなく、二十九歳のヒップを年下の男に向ける。

「ああ」

思わず声が洩れる。ぷるんとはずんだもっちりお肉が、たまらなく魅力的だったからだ。

白い肌が輝かんばかりの双丘はエロチックで、完熟の趣もある。触れるだけで落っこちそうな風情すら感じられた。

「ねえ、どう?」

香奈子が豊かな丸みを左右に揺らす。行動は大胆でも、さすがに恥ずかしいのか。振り向いた目許が赤らんでいる。

「は、はい。とても素敵なおしりです」

率直な感想に、彼女は白い歯をこぼした。

「そそられる? エッチな気持ちになって、ペニスも勃起する?」

あられもない言葉遣いで、昂奮の度合いを確認する。

「え、ええ、もちろん」

「だったら、オナニーしなさい」

香奈子は脚を大きく開き、前屈みになってヒップを高々と掲げた。それによって谷底の淫靡な部分が晒されると、本人もわかっているのだ。

(ああ、いやらしい)

縮れ毛が囲む肉の裂け目は、肌の色がくすんでいる。そこからはみ出す花弁は小ぶりながら、早くも透明な蜜にまみれていた。

(やっぱり昂奮してたんだ……)

そこからなまめかしい甘酸っぱさが漂ってくる。

慎一郎は椅子に腰掛けたままズボンのファスナーを下ろし、ふくらみつつあるペニスを引っ張り出した。先生の前だと、不思議とそれほど恥ずかしくはない。安心して身を委ねられる心地がした。

筒肉は外気に触れるなり海綿体を充血させ、一気にぐんと伸びあがる。

「すごい……」

牡の漲り(みなぎ)を目にして、香奈子が息を呑む。年上の女に称えられたことで、分身はいっそうの自信を得て強ばりきった。

「ほら、シコシコしなさい」

淫らな表現で自慰を促される。慎一郎はジュニアを握り、手を上下させた。

「あああ……」

色気が溢れんばかりのヒップを前にしてのオナニーは、たまらなく気持ちがいい。ペニスが溶けそうなほどに感じてしまう。

しかも、恥ずかしいところをすべてさらけ出しているのは、世界的に知られた映画監督でもある先生なのだ。背徳的な昂ぶりに、カウパー腺液が多量に溢れる。

亀頭粘膜の丸みを伝い、上下する包皮に巻き込まれてクチュクチュと泡立った。

「そんなにお汁をこぼして……ね、精液出そう？」

その問いかけだけで漏らしそうになったものの、慎一郎はぐっと堪えた。せっかくのチャンスなのに、早々に果ててしまっては勿体ない。

「あの、もっと近くで見てもいいですか？」

お願いすると、香奈子は肩をビクッと震わせた。

「ど、どうして？」

「そのほうが昂奮して、すぐに射精すると思うんです」

「でも……」

この期に及んで、彼女はためらいを示した。さすがに恥ずかしすぎるのか。

「立野さんや錦織さんは、ちゃんと近くで見せてくれました。それに、匂いも嗅がせてくれたんです」

わざと対抗心を煽ることを口にすると、香奈子は断れなくなったようだ。

「いいわよ。好きにしなさい」

ならば遠慮なくと、慎一郎は彼女の真後ろに膝をついた。重たげな熟れ尻が目の高さになれば、淫靡な匂いがいっそう濃くゆらめく。

（これが先生の——）

感動と劣情が同時に高まる。顔を寄せると、発酵しすぎたチーズのような香りも強まった。

濡れた恥割れの真上には、ちんまりしたアヌスがある。セピア色のすぼまりは、周囲に短い恥毛をまばらに生やしていた。

生々しい眺めに昂奮が高まり、慎一郎はペニスを夢中でしごいた。荒ぶる鼻息がかかったのか、香奈子が「やぁん」と嘆いて肛穴をすぼめた。

「せ、先生、舐めてもいいですか？」

見ているだけでは我慢できず、クンニリングスの許可を求める。すると、女芯がキュッとすぼまった。まるで、早く舐めてとせがむかのように。

ところが、香奈子の口から出たのは、そんな反応とは真逆の返答だった。

「だ、駄目よ」

教師としてのプライドから、欲望をあらわにできないのか。しかし、彼女の拒絶を引っ込めさせる方法がある。

「だけど、錦織さんはちゃんと舐めさせてくれましたよ。アソコだけじゃなくて、おしりの穴だって。課題の映像を見たから、わかってますよね？」

「それは――」

「先生のここ、とってもいい匂いがします。僕、もうたまんないんです。お願いです。舐めさせてください」

下手に出て懇願すると、彼女は折れた。もっとも、仕方ないというフリを装っただけなのかもしれない。

「しょうがないわね。そこまで言うんなら舐めてもいいわ。だけど、ちゃんと精液をたくさん出すのよ」

許可を与えてから、焦って条件を付け加える。

「な、舐めるのはオマ×コだけよ。おしりの穴は禁止だからね」

そう告げるなり、愛らしいツボミがいやらくすぼまった。

(本当は舐めてほしいんじゃないのかな?)

とは言え、いきなりそちらを舐めたら、クンニリングスも拒まれるかもしれない。とりあえず、合わせ目に細かな露をきらめかせる恥唇にくちづける。

「あふッ」

香奈子が喘ぎ、ヒップをピクンと震わせる。尻の割れ目が焦ったように閉じ、慎一郎の鼻を挟み込んだ。

舌を差し入れると、恥裂の狭間には温かな蜜が溜まっていた。粘っこいそれをすすって味わえば、わずかな甘みが感じられる。

(これがあの香奈子先生の味――)

昂ぶりに煽られるまま、慎一郎は夢中で舌を躍らせた。

「ああ、あ、いやぁ」

艶めいた声をあげ、三十路前の女が下半身をくねらせる。膝がカクカクと揺れ、立っていることが困難になったか、デスクに両手をついた。

「う、ああ……気持ちいい――」

悦びを口にしかけた香奈子が、「ううっ」と呻きをこぼす。教え子に恥ずかしいところを舐められて感じるなんて、プライドが許さないのだろう。

しかしながら、女体は明らかに愉悦の反応を示している。

膣口に舌先を忍ばせれば、彼女は「はうう」と切なげに身をよじり、入り口をすぼませた。そこから新たな愛液が溢れ、出し挿れされる舌でクチュクチュと泡立つ。

(ああ、美味しい)

甘みを増したラブジュースで喉を潤し、慎一郎はねちっこい舌づかいで攻めた。包皮を剝いて敏感な肉芽をあらわにし、舌先ではじくように舐め転がす。初めてのクンニリングスで由実花を絶頂させられたことも、自信になっていた。

「くううう、う——はああ」

香奈子がよがり、尻の谷を開いたり閉じたりする。そこに挟まれる慎一郎の鼻は、蒸れて酸味を強めた汗の匂いを嗅いだ。さらに、アヌス付近に漂う秘めやかな発酵臭も。

先生のプライベートな香りに、慎一郎は激しく昂ぶった。もはや我慢することは不可能で、舌をクリトリスから秘肛へと移動させる。

「あひッ」

放射状のシワをひと舐めされるなり、香奈子は鋭い声を発した。

「ば、バカっ、おしりの穴は禁止って——」

咎める声を無視して、可憐なツボミをペロペロと舐め回す。ふっくらした双丘がわななき、筋肉の浅いへこみをこしらえた。

「あああ、だ、ダメだったらぁ」

なじる声にも、どこか甘えた響きがある。せわしなくすぼまるアヌスも、もっと舐めてとせがんでいるよう。

実際、しつこく舐め続けるうちに、彼女は色めいた喘ぎ声をこぼしだした。

「く、ううう、あはぁ、ど、どぉしてぇ」

自身の肉体が得ている感覚に、戸惑っている様子だ。

アナルねぶりを続けながら、指を秘唇に這わせれば、多量の蜜でしとどになっていた。もっと気持ちよくしてあげるべく、クリトリスを指頭でこする。

「ああ、あ、そこぉ」

お気に入りのポイントを刺激され、成熟したボディがくねる。秘肛を舐められることへの抵抗もなくなったようだ。

むしろ、もっとしてほしそうに、ヒップをいっそう突き出す。

ならばと、柔らかくほぐれたツボミの中心に、舌先を突き立てる。力を加えずとも、五ミリ近く侵入した。

「キャッ、やだ——」

焦って括約筋をすぼめても、今さら遅い。唾液をたっぷりとまといつかせた舌を出し挿れすれば、悩ましげな嬌声が上がった。

「ば、バカぁ、あ——くふふふぅーン」

陰核とのダブル攻撃で、肉体は快楽の虜と成り果てているふう。あらわにされた下半身のあちこちが、絶え間なくビクッ、ビクンと痙攣した。

このまま絶頂まで導けそうだと、慎一郎は舌と指の動きをシンクロさせた。ところが、いよいよ高みに至りそうなところで、香奈子が身を翻して逃れる。

「はあ、ハァ――」

息づかいを荒くして、睨みつけてくる。紅潮した頬と、潤んだ瞳がやけに色っぽい。

「お、おしりの穴は禁止だって言ったじゃない!」

先生らしくお説教をするものの、さんざんよがったあとでは説得力がなかったであろう。本人も自覚しているのか、気まずげに目を泳がせた。

「ごめんなさい。先生のおしりの穴が、とても可愛かったから」

素直に謝ると、彼女はますますうろたえた。

「そんなところを褒められたって、う、うれしくないわ」

涙目で憤慨するのがいじらしい。だが、慎一郎の股間にそそり立つものに気がついて、ようやく何をしていたのか思い出したようだ。

「だいたい、オナニーはどうなったのよ? わたしのおしりで昂奮して、精液をいっぱい出すって約束したじゃない」

「あ、忘れてました」

「冗談じゃないわよ、まったく」

　香奈子は慎一郎の手を引っ張って立たせると、その前に跪いた。ズボンもブリーフも引き下ろし、下半身をまる出しにさせる。

「こんなに勃っちゃって……」

　悩ましげに眉根を寄せ、小鼻をふくらませる。ペニスが漂わせる、蒸れた青くさい匂いを嗅いだのだろうか。筋張った筒肉に、しなやかな指を回した。

「くうう」

　切ないまでに柔らかな感触に、腰がブルッと震える。快さが手足の隅々まで行き渡り、膝が笑って崩れ落ちそうだ。

　じゅわり――。

　鈴割れから透明な露が滴り落ちる。それを指に絡め取り、香奈子は敏感な粘膜をヌルヌルとこすった。

「あ、先生――」

「鉄みたいに硬いわよ。亀頭もパンパンに腫れてるじゃない」

　ようやくペースを取り戻し、淫蕩な笑みをこぼした彼女が、口を大きく開ける。

まさかと思う間もなく、牡の張りを口中におさめた。

「せ、先生、あああっ」

悦びが体幹を貫き、慎一郎は息を荒ぶらせた。初めてのフェラチオは、舌がねっとりとまつわりつき、ペニスが溶けてしまいそうに気持ちがいい。

（あの香奈子先生がおれのを――）

背徳感とも相まって、危うく爆発しそうになる。

「ン……んふ」

鼻息で陰毛をそよがせながら、熱心に吸茎する年上の女。筒肉に唾液をたっぷりとまといつかせては、ジュルッとはしたない音をたてすする。

そこに至ってようやく、ペニスを洗ってないことに気がついた。

（いいんだろうか……）

彼女は美味しそうに舌鼓を打ち、うっとりした面持ちだ。クンニリングスのお返しというつもりはなく、牡の正直な味を堪能しているふうである。

さらに、持ちあがった陰嚢にも指を這わせ、優しく揉み撫でてくれる。

「うう、あ、くうう」

こそばゆい快感に目がくらむ。このままでは本当に果ててしまいそうだ。

「せ、先生、もう――」

窮状を訴えると、漲りから口がはずされる。唾液に濡れた牡器官は赤みを帯び、精液を出したいと駄々をこねるみたいに頭を振った。

「イキそうなの？」

「は、はい」

「そう……」

香奈子は《どうしようか》という迷う表情を見せた。

「だったら、わたしのオマ×コに出しなさい」

「え？」

彼女は立ちあがり、デスクに手をついて再びヒップを突き出すポーズをとった。スカートを腰までめくりあげ、艶やかな熟れ尻をあらわにする。

（それじゃ、先生とセックスを？）

喉がグピッと音をたてる。

はしたなく晒された女芯は、新たな蜜をこぼしていた。そこから煽情的な酸っぱみが漂ってくる。

「ほら、早く挿れて」

待ちきれないというふうに、香奈子がおしりを左右に振る。ぷりぷりとはずむ豊かな丸みが牡を誘い、迷ったのはほんの一瞬だった。

(よし――)

慎一郎は猛る分身を捧げ持ち、前へ進んだ。

ほころんだ肉唇に亀頭をあてがうと、蕩ける熱さが伝わってくる。膣口が誘い込むようにすぼまった。

「い、挿れます」

声を震わせて告げ、腰を前に送る。肉槍が狭道をずむずむと侵略した。

「ふはぁああ」

香奈子がのけ反って声をあげたときには、下腹と臀部がぴったり重なっていた。

(ああ、入った……)

柔らかな媚肉がペニスを包み込む。全体に強く締めつけられているが、少しも窮屈ではない。うっとりするような心地よさのみがあった。

(おれはもう、童貞じゃないんだ!)

男になれた感激が悦びを押しあげ、腰がブルッと震える。嬉しくて涙がこぼれそうだ。

「ねえ、動いて」

香奈子にせがまれて我に返る。同時に、もっとよくなりたいという、牡の本能も胸に湧きあがった。

慎一郎はペニスをゆっくりと抜き挿しした。接合部がしっかり確認できる体位のおかげで、程なくピストンがリズミカルになる。

「あ、あ、あ、いやぁ」

甲高いよがり声が教官室に反響した。

（これがセックスなんだ！）

夢見ていた行為が、ようやく現実のものとなったのだ。

おしりの切れ込みに見え隠れする肉棒が、白い淫液をまといつかせる。そこから酸味の強い乳酪臭がたち昇ってきた。

（ああ、たまらない）

淫靡な匂いと快感に煽られ、腰づかいが速度を増す。下腹が臀部に強く当たり、パンパンと小気味よい音を鳴らした。

おかげで、たちまち限界が迫る。

「あああ、先生、出ます」

慎一郎が呻くように告げると、

「いいわ、な、中に出してっ！」

許可を与えた香奈子が、ヒップをくいくいと振り立てる。それによって膣が締まり、牡を頂上へと舞い上げた。

「ううう、い、いく――」

めくるめく歓喜の中、ザーメンをびゅるびゅると子宮口にほとばしらせる。

「ああーん、お、オマ×コが熱いー」

先生が淫らな言葉を放った。

2

思いがけず童貞を卒業できて、慎一郎はかなり舞いあがっていた。

（このままずっといいことが続いてくれればいいな）

呑気に考えたものの、重要なことを思い出して蒼くなる。

（待てよ。先生と初体験をしたこと、立野さんや由実花さんに知られたらまずいんじゃないか？）

由実花とは結合寸前までいき、けっこういい雰囲気にもなった。その場には詩織もいて、処女であると告白したのである。

あれで三人のあいだに、妙な緊張関係ができてしまったのだ。

初体験をしたいと土下座までしたくせに、先生とセックスしたなんて知ったら、由実花は怒り狂うのではないか。いや、怒るだけでは済まないだろう。同じくバージンの詩織も結託したら、手酷いしっぺ返しをされるに違いない。

とにかく、香奈子との関係は、ふたりには絶対に知られてはならない。そう思っていたのだが、

「ねえ、香奈子先生、何かあったのかな?」

その日の授業が終わったあと、由実花から話しかけられてドキッとする。

「な、何かって?」

「様子がヘンだったじゃない。妙にオドオドしてたみたいだし」

「そう……かな?」

それは慎一郎自身も感じていた。教え子とセックスしたことに負い目があるのか、慎一郎と目が合うたびに、焦り気味に視線をはずしたのである。

「そうよ。特にあんたを見る目が、尋常じゃなかった気がするんだけど」

「そそ、そんなことないよっ!」

つい大きな声で反論してしまい、由実花が目を丸くする。

「なにムキになってるのよ?」

「む、ムキになんかなってないよ」

「そうかしら?」

目一杯不審を買ってしまったようだ。そのとき、詩織に声をかけられる。

「ねえ、ふたりとも、ちょっと付き合ってもらえない?」

「え、何よ?」

由実花が眉根を寄せる。追及の出端をくじかれ、ムッとしたようだ。未遂に終わった初体験を覗き見られた恨みも、尾を引いていたのかもしれない。あれがドキュメンタリー作品となって、香奈子先生に提出されたことまでは、さすがに知らないのであろう。

(助かった……)

慎一郎はホッとして、詩織に向き直った。

「今日、パーティをするの。内輪のお祝いなんだけど、あなたたちにも参加してほしいのよ」

「お祝いって、あんたの家で?」

「家っていうか、マンションだけど。わたしがメイドと住んでいるところ」

メイドがいるとは、やはり裕福なお宅のお嬢様なのだ。愛娘に独り暮らしをさせるわけにはいかないと、親が世話をする人間をつけたのだろう。

「まさか、またヘンなことをするつもりじゃないでしょうね？」

三人が集まると、決まって妙な展開になる。淫らなことが待ち受けているのではないかと、由実花は危ぶんでいるようだ。

「ヘンなことはしないわよ。イイコトならするけど」

含みのある発言をして、詩織がフフッと挑発的にほほ笑む。由実花はそれにまんまと乗せられた。おっぱいの大きさで負けたものだから、対抗意識を燃やしているようだ。

「いいわよ。行ってやろうじゃない」

意気込んで受諾し、慎一郎をふり返る。

「あんたも当然行くんでしょ？」

断ったらただじゃおかないと睨まれ、慎一郎はうなずかざるを得なかった。

メイドがいるのだし、きっと豪華なマンションなのだろうと予想したら、案の定だった。

駅から近い一等地に建てられた、馬鹿でかい白亜の巨塔。そこの最上階の全フロアが、詩織の住まいであった。

しかも、居住部分は床面積の半分のみ。残り半分は全天候型のプール付き庭園という、ハリウッドの有名俳優が住むようなところだ。

庭が見渡せるだだっ広いリビングに通された由実花は、口をあんぐりと開けて固まった。花が咲き乱れる西洋風の庭園もさることながら、室内も宮殿の一室かというほどの、高級感溢れるインテリアだったのだ。

一方、慎一郎はと言えば、ずっと不吉な予感に苛まれていたため、豪勢な住まいに感嘆する余裕がなかった。

（立野さん、絶対に何か企んでるよな……）

なまじ後ろめたいことがあるものだから、そうに違いないと確信する。だいたい、あまりにタイミングがよすぎるではないか。

「じゃあ、ふたりはここに坐ってちょうだい」

詩織からソファを勧められ、慎一郎と由実花は怖ず怖ずと腰をおろした。アンティークな趣のカバーが掛けられたそれは、尻が二十センチも沈むほどにクッションがいい。目の前のガラステーブルも、銀色の枠や脚に宝石のようなものが埋まっている。いや、きっと宝石なのだ。

「えと、他に招待客はいないの？」

慎一郎が質問すると、詩織は相変わらずのポーカーフェイスで「そうよ」と答えた。

「だってこれは、身内だけのパーティなんだから」

いつ身内になったのかと思ったものの、庶民の常識からかけ離れた住まいの中では、突っ込むゆとりなどない。それは由実花も同じだったらしい。

「じゃあ、メイドを紹介するわね」

詩織がパンパンと両手を打ち鳴らす。すると、入ってきたところとは別の扉が、ゆっくりと開いた。

（え――）

慎一郎は唖然となった。

現れたのはふたりの若いメイドである。顔がそっくりだから、どうやら双子らしい。

けれど、驚くべきところはそこではなかった。

彼女たちが身に着けているのは、フリル付きのカチューシャとチョーカー、あとは肘まで覆う白い手袋と、同じく白のガターベルトにストッキングのみだ。パンティも穿かない裸同然の格好で、楚々とした恥毛を堂々と見せている。

（な、なんて格好をしてるんだよ!?）

セクシーというよりは、いささかマニアックなスタイル。おまけに瓜ふたつの双子だから、インパクトは絶大だ。

もっとも、違っているところがひとつある。おっぱいの大きさだ。

向かって左側のメイドは、小玉スイカほどもありそうな巨乳である。足を静かに進めるだけで、たわわな球体がぷるんとはずむ。

一方、左側は男ではないとわかる程度の貧乳だ。双子でも、おっぱいに関する遺伝子は真逆であるらしい。

「いらっしゃいませ。姉のユウコです」

「妹のヤヨイです。どうぞごゆっくりお過ごしくださいませ」

双子メイドが順番に挨拶をする。巨乳がユウコ、貧乳がヤヨイだとわかった。

「ちょっと、どうして裸なのよ？」

由実花の質問に、詩織が説明する。

「立野家では、使用人はお客様に裸をお見せするのがしきたりなの。武器を持っていないことを示して、安心していただくためにね」

金持ちの家というのは、妙なしきたりがあるものだ。確かに武器は持ってなさそうだが、女の武器をあからさまにするのはいかがなものか。

（単にご先祖様がスケベだったんじゃないのか？）

使用人のヌードを拝みたいと、妙な決まりをこしらえたのではないか。

「それじゃ、ふたりとも脱いでちょうだい」

その言葉が自分たちに向けられたことに気がつき、慎一郎はギョッとして詩織を見た。

「使用人に裸を見せられたら、お客様も脱ぐの。でないと公平じゃないでしょ。それも我が家のしきたりよ。あ、わたしも脱ぐから安心して」

涼しい顔で告げ、お嬢様が服を脱ぎだす。ブラジャーもパンティも躊躇なく取り去り、一糸まとわぬ姿になった。

（え、どうして？）

慎一郎は目を疑った。テレビ映画の撮影で全裸になったとき、ヴィーナスの丘には卵形の恥毛がちゃんとあったのに、今の詩織はパイパンだったのだ。

　ぷっくりしたヴィーナスの丘はツルツルで、くっきりと割れ目が刻まれている。近頃はＶＩＯゾーンを処理する女性が増えているらしいが、彼女もそれに乗っかったのか。ユウコほどではないが、Ｇカップのたわわなおっぱいも健在だ。

　もっとも、由実花は詩織が無毛であることなど、少しも気にならないらしい。

「……ったく、なんだってあたしまで」

　ブツブツこぼしながら、坐ったまま着ているものを脱ぐ。豪華な住まいに圧倒され、従わなければならない気にさせられたのか。加えて、ヤヨイが自分以上に貧乳だったから、ためらいを感じなかったのかもしれない。

　それでも、最後の一枚になったところで、不満げな表情を見せる。

「あたし、今日は生理なんだけど」

「あ、そう。だったら、パンツは穿いたままでいいわ」

　由実花にそう告げてから、詩織がこちらに顔を向ける。

（え――）

　真っ直ぐに見つめられ、慎一郎は居たたまれずに肩をすぼめた。脱ぎなさいという無言の圧力をひしひしと感じて、少しも落ち着かない。

　由実花と詩織には、以前にも裸を見られている。それこそ、勃起したペニスまでも。ところが、魅惑のヌードに囲まれて、今もジュニアがはち切れそうになっていたから、脱ぐことをためらったのだ。

「早くしなさいよ。男でしょ」

由実花からも責められる。男だからこそ、脱げない事情があるというのに。

すると、詩織が双子のメイドに声をかけた。

「向嶋君は自分で脱げないみたいだから、協力してあげて」

「はい」

「わかりました」

ユウコとヤヨイが近づいてくる。無理やり脱がされるのかと身構えれば、くるりと背中を向けたものだから、慎一郎は面喰らった。

おっぱいは差があるものの、くりんと丸いおしりはどちらも同じだ。そして、ふたりは身を屈めて双丘を突き出すと、両手を後ろに回してふっくらしたお肉を割り開いたのである。

(わっ！)

慎一郎は息を呑んだ。女芯ばかりか、おしりの穴までまる見えだ。ひとりでもかなりの破壊力なのに、ふたりぶんだとエロチックさは二倍以上だった。

「な、なな、何を!?」

うろたえる慎一郎に、詩織が説明する。

「向嶋君が裸になれないのは、恥ずかしいからでしょ? こういう場合、メイドがもっと恥ずかしい姿を晒して、脱ぎやすい状況を作るのがしきたりなの」

「そんな――」

「これでも脱がないようだったら、ユウコとヤヨイはクスコをおま×こに突っ込んで、子宮口までばっちり見せることになるわね。あとは、極太バイブでオナニーをするとか」

「わわ、わかったよ。脱ぐから」

自分のために、そこまでさせるわけにはいかない。慎一郎はソファから立ちあがると、急いで服を脱いだ。ブリーフもおろし、いきり立つ分身があらわになると、恥ずかしくて顔が火照る。

「あら、もう勃起してたの。だから脱げなかったのね」

詩織が納得顔でうなずき、ますます居たたまれなくなった。

そのとき、双子のメイドがすっと前に出る。

「失礼いたします」

巨乳のユウコが足元に跪く。何をするのかと思えば、そそり立つ肉根に白い手袋の指を回した。

「うああ」

手袋はシルク製なのか、やけになめらかだ。それだけでも膝が笑いそうに気持ちがいいのに、あろうことかユウコが屹立を口に入れる。

ちゅぱっ――。

ひと吸いされるなり、目の奥に歓喜の火花が散る。さらに舌をねっとりと絡みつかされ、慎一郎は危うく爆発しそうになった。

（こ、こんなことまで？）

もしかしたら、射精させてペニスをおとなしくさせるつもりなのか。エレクトしたままでは落ち着かないだろうからと。

ところが、ユウコはすぐにフェラチオをやめ、慎一郎の前から離れた。代わって、貧乳のヤヨイが膝をつく。

「失礼いたします」

丁寧に頭を下げてから、姉と同じようにイチモツを口に含む。彼女は唾液をたっぷりと溜めた中で、亀頭を飴玉みたいにピチャピチャと舐め転がした。

「ああ、ああ、あああ……」

　慎一郎は天井を見あげ、馬鹿みたいに声をあげ続けた。

　双子でも口内の感触や、舌づかいが異なっている。続けてふたり目でも、新鮮な悦びがあった。

　しかし、ヤヨイのほうもすぐに口淫奉仕を終え、後ろにさがってしまった。あとには唾液に濡れ、赤みを帯びた肉棒が残される。

「い、今のも何かのしきたりなの？」

　息をはずませながら問いかけると、詩織は涼しげな表情で「いいえ」と答えた。

「え？　じゃあ、いったい――」

「恥ずかしいのに脱いでくれた向嶋君への、感謝のしるしだと思うわ」

　これに、ユウコとヤヨイが同意してうなずく。慎一郎はあきれるばかりだった。

　感謝しているのなら、最後までしてくれればいいではないか。ちょっとだけしゃぶって終わりなんて、ナマ殺しもいいところだ。

「ところで、向嶋君は前にもおしゃぶりをされたことがあるのかしら？」

　詩織の問いかけに、慎一郎は「ああ、ええと――」と答えかけ、焦って首を横に振った。

「な、ないよ。あるわけがない！」

強く否定したのは、香奈子にフェラチオをされたとバレたらまずいからだ。

「本当に？　それにしては落ち着いていたみたいだし、ふたりからされたのに射精しなかったわ」

美少女の訝る眼差しに、背すじを冷たいものが伝う。

（立野さん、やっぱり知ってるんじゃないか？）

危ぶみつつも、ここは認めるわけにはいかない。

「そりゃ、いきなりでびっくりしたからだよ。すぐに終わったから、どうにかイカずに済んだんだ」

慎一郎の弁明に、詩織は何も言わなかった。端っから信じていない様子でもあり、ますます肩身が狭くなる。

「それじゃ、準備が整ったところで、パーティを始めましょう。あれを持ってきてちょうだい」

「かしこまりました」

いったん下がった双子メイドが、巨大な銀のワゴンを押してくる。高級レストランで料理を載せてくるあれだが、ベッドぐらいの大きさがあった。

その上に載っているのは一品だけ。やけに大きな器の上に、たくさんのフルーツが並べられていた。

問題は、その器である。

「な、何なのよ、これっ⁉」

由実花も目を丸くした。

「何って、今夜のメインディッシュよ。日本の伝統文化にのっとった」

詩織がいたって冷静に答える。

「何がディッシュよ。これってティッシュが必要なやつじゃない」

品のない受け答えに、詩織が眉根を寄せる。だが、慎一郎も由実花の意見に賛成だった。

なぜなら器は全裸の女性、要は女体盛りだったのである。広い室内に甘酸っぱい香りを充満させる大量の果物が、裸身を隠すほどに盛られていた。

「だいたいこういうのって、普通はお刺身が載ってるものじゃないの？」

「んー、それだと衛生的に問題があるもの。ほら、お刺身ってナマモノだし、傷みやすいじゃない。まさか器を凍らせるわけにもいかないし」

詩織がクスッと笑みをこぼす。彼女なりのブラックジョークだったのかもしれない。

「フルーツだって似たようなものじゃない。ていうか、これ誰よ?」

由実花が憮然として訊ねる。器にされた女性は、頭にすっぽりと布袋を被されていたのだ。

しかし、詩織は質問に答えない。《よく見なさい》というふうに、女体盛りへ流し目をくれた。

(本当に誰なんだろう……)

慎一郎も見当がつかず、まじまじとフルーツで飾られた女性を観察した。

載っているのはリンゴやオレンジ、メロンにスイカに葡萄、他にバナナやサクランボなど、ごく一般的な果物だ。それでもこれだけ多量だと、決して安くは済むまい。

一番高価そうなのはマンゴーか。食べやすい大きさにカットしたそれは、股間に配置されている。おそらく女陰の俗称に引っかけた悪ふざけなのだ。

(これじゃ器っていうか、まんま性器だよな)

くだらないことを考えながら、慎一郎は手がかりを探した。しかし、横たわった女体のまわりにも果物が丸ごと並べられた上に、装飾用の枝葉もあって、かなりの部分が隠されていた。

(ていうか、生きてるんだよな?)

ピクリとも動かないから気になる。ただ、輪切りにしたオレンジを何層にも並べた腹部が、かすかに上下していた。少なくとも死んではいないようだ。あるいは、薬か何かで眠らされているか。

判断材料は限られているものの、全体に成熟した女性のように見える。女性経験が少ないから断言はできないが、三十歳前後ぐらいではないか。

そこまで考えて、慎一郎は(まさか)と蒼くなった。思い当たる人物が、ひとりだけいたのである。

(だいたい、このタイミングでパーティっていうのも、話ができすぎてたんだよな……)

そして、この女性が思ったとおりの人物であるならば、詩織はあの出来事を知っていることになる。

「どうしたの? 顔色が悪いわよ」

由実花が訝る眼差しを向けてくる。

「い、いや、何でもないよ」

慎一郎は平静を装ったものの、動悸はかなり乱れていた。

「ふうん。ま、たしかに元気そうだものね」

由実花の視線が、牡の股間にチラッと向けられる。そこは相変わらず膨張したままで、赤く腫れた亀頭を天井に向けていた。

慎一郎は慌てて股間を両手で隠した。不安なことがあっても勃ちっぱなしのジュニアに、情けなさを感じながら。

「ま、誰なのかなんてことは後にして、せっかくだからみんなで食べましょ」

そう言って、詩織が率先して手をのばす。おっぱいの頂上に飾られていたチェリーを摘まみ、躊躇なく口に入れた。

ワインカラーの乳首があらわになり、慎一郎はドキッとした。けれど、他の面々は、裸体には興味などない様子だ。同性だし、それも当然か。

由実花もオシボリを受け取って手を拭くと、フルーツを摘まみだした。

「どうかしら、錦織さん？」

「うん。なかなか美味しいじゃない。金持ちだけあって、いい果物を集めたみたいね」

能天気な会話があり、フルーツが女体の上から無くなってゆく。食べようとしないのは慎一郎と、ふたりのメイドだけだ。

そのふたりがワゴンから離れ、こちらに向かってくる。慎一郎は狼狽した。目の前に立たれ、大小のおっぱいを見せつけられたものだから、どうすればいいのかわからなくなる。

「な、何?」

気圧されて訊ねると、ユウコとヤヨイは悲しそうに目を潤ませた。

「こちらの女体盛り、わたしたちが丹精こめてこしらえたんですけど、お気に召さないのですか?」

「い、いや、そんなことは」

「だったら、どうして召しあがってくださらないんですか?」

裸同然のメイドふたりから詰め寄られ、慎一郎は困惑した。

フルーツを食べてしまい、女性の正体がわかると、自分が窮地に追い込まれる。そのことを考えると、とても手を出す気になれなかったのだ。

「えと……そんなにお腹が空いていないから」

苦し紛れの言い訳をしたとき、詩織が横から口を出す。

「だったら、向嶋君が食べたくなるように、味つけをしてあげなさい」

　女主人の命令に、メイドたちがうなずいた。

「いいわね、ヤヨイ」

「わかったわ、ユウコ」

　メイドのふたりが目配せをする。いきなり抱擁し、唇を交わした。

「ん……」

「ンは――」

　切なげな吐息をこぼしながらの、濃厚なくちづけ。そこまでは見えないが、きっと舌を深く絡めているに違いない。

　明らかに姉妹なのに、いったいどういうことなのか。これでは近親相姦、いや、近親相レズになってしまう。

　彼女たちは互いのからだをまさぐりだした。背中からおしりを撫で、さらには手を交差させ、秘められたところをいじりあう。

「んんっ」

「ンふ……ハァ」

　くぐもった喘ぎ声に混じって、濡れたところが掻き回される音も聞こえる。早くも秘唇が濡れているようだ。

目の前で繰り広げられる女同士のプレイに、慎一郎は圧倒されるばかりだった。エロチックな光景に、勃ちっぱなしのペニスがさらなる力を漲らせる。

(……何なんだ、いったい?)

ようやく我に返ったとき、ふたりの唇が離れる。吸われて赤みを帯びたところに、唾液の糸が繋がった。

「いっぱい濡れてるね、ヤヨイ」

「うん……ユウコだって」

「ヤヨイの指が気持ちいいからだよ」

熱に浮かされたような囁きあいに続き、メイドたちが互いの指を顔の前で見せあう。相手の秘部をいじり、透明な蜜がまぶされたものを。

「ほら、ヌルヌルになってる」

「あん、エッチな匂いがするわ」

トロンとした眼差しで見つめあい、相手の指を舐める。彼女たちは普段から、女同士の淫靡な戯れに耽っているのではないか。

(もしかしたら、双子じゃないのかも)

慎一郎はふと思った。おっぱいの大きさが違うし、背格好の似たメイドを選んで、整形させたのではないか。浮世離れした金持ちならやりそうである。

「これなら満足してもらえるわね」

「うん、きっとね」

艶っぽい微笑を浮かべ、ふたりがこちらに流し目をくれる。慎一郎は背すじがゾクッとするのを覚えた。

（ていうか、立野さんは味つけをしてあげろって言ったよな）

要はフルーツを食べやすくしてくれるということなのか。実際、ふたりは女体盛りのところへ進み、何がいいかと物色しだした。

手に取ったのは、まわりに置かれてあったバナナの房であった。

「やっぱりこれかしら」

「定番だしね」

何が定番なのかと思っていると、一本をもぎ取ったユウコが、持ち手の部分を残して皮を剝く。それからヤヨイの前に跪き、

「脚を開いて」

と命じた。

「ああン、ドキドキする」

ヤヨイが頬を紅潮させ、素直に膝を離す。同性の前に、陰部を大胆に晒した。そこに剝きたてのバナナがあてがわれる。

「挿れるわよ」

「うん……」

短いやりとりの後、「ああッ」と嬌声が聞こえる。慎一郎の位置からは、ユウコの頭が邪魔してよく見えなかったが、棒状のフルーツが女芯に挿入されたのは間違いない。

「すごい。こんなに入っちゃった」

含み笑いの声に続き、ヤヨイが「いやぁ」と嘆く。だが、快感を得ているのは間違いないらしい。

「う、あ——はうぅ」

ユウコが手を動かすのに合わせて、ヤヨイが色っぽいよがり声をこぼす。女体盛りフルーツを食べていた由実花も、さすがに気がついてこちらを見た。メイドふたりの戯れに、目を丸くする。

しばらくフルーツプレイが続いたものの、絶頂するまで続けられることはなかった。ユウコが膣からバナナを引き抜き、

「うん、これならいいわね」

嬉しそうに言う。ヤヨイは崩れ落ちそうに身を震わせ、呼吸を荒ぶらせた。

「じゃ、食べさせてあげましょ」

「……うん」

ふたりがこちらに近づく。愛液がべっとりとまといついたバナナを手に。

(じゃあ、おれに食べさせるためにあんなことを?)

つまり、女体の蜜汁で味つけをしたのか。本当に美味しくなるのかは、定かではなかったが。

「さ、どうぞ」

「わたしのラブジュース付きバナナよ」

目の前に差し出されたのは、見るからにヌルッとした液体でコーティングされた果物。ところどころに付着した白いものは、膣内にあった分泌物のカスなのだろうか。

生々しい眺めに、慎一郎はコクッと唾を飲んだ。もちろん嫌悪感などない。むしろ喉から手が出るほどに食べたかった。

「はい、あーんして」

言われるままに口を開けると、ほんのりナマぐさいバナナが入ってくる。しかし、すぐに嚙み切るのはもったいない。

慎一郎はバナナに舌を這わせ、粘っこいコーティングを舐め取った。果肉の甘みが合わさったことで、まさしく甘露の味わい。

（ああ、美味しい）

夢中で舌を絡みつかせていると、バナナを手にしたユウコが目を細める。

「ふふ。まるでオチ×チンをしゃぶっているみたいよ」

「ひょっとして、そっちの趣味があるのかしら？」

ヤヨイも愉しげにからかう。すでにメイドとお客という図式は取り払われ、慎一郎はふたりから弄ばれる格好になっていた。

「じゃ、向嶋様のバナナも気持ちよくしてさしあげましょう」

「だったら、わたしが――」

ヤヨイがすっと跪く。下腹に張りつかんばかりに反り返ったペニスに指を巻きつけると、ニギニギと強弱をつけた。

「とっても硬いわ。バナナどころかズッキーニみたい」

よくわからない喩えを口にされ、慎一郎は困惑した。そこがズキズキと疼いていたのは確かであるが。

「それじゃ、いただきます」

悪戯っぽい笑みを浮かべ、ヤヨイが肉根を頬張る。チュッと吸われるなり電撃のような快感が走り、腰が砕けそうになった。

「むふぅううう」

慎一郎はたまらずバナナを嚙み切った。愛液と唾液でふやけていたそれを、ほとんど嚙まずに吞み込んでしまう。

すると、ユウコが淫蕩に頰を緩めた。

「わたしのシロップで味つけしたものも、召し上がってくださいね」

食べかけのバナナをひと口かじり取り、唇を重ねてくる。口移しで与えられたバナナは、トロリとして温かな唾液がたっぷりとまぶされていた。

(素敵だ——)

慎一郎はアブノーマルな昂ぶりにひたり、甘みを増したバナナを嬉々として喉に落とした。

もっと食べたかったものの、ユウコがくちづけをほどいて離れる。ヤヨイもペニス全体に唾液を塗り込めると、フェラチオをやめてしまった。

「それでは、今度は女体盛りのフルーツをお召しあがりください」

余興はここまで。あとはメインディッシュを味わえとのことらしい。

さっきまで手を出すことをためらっていた慎一郎であったが、もはや迷いは完全に消え失せていた。官能的な雰囲気にどっぷりとひたり、何でも愉しんでやれという心持ちになったようである。

たとえ、その先に苦難が待ち受けていようとも。

慎一郎は女体盛りに歩み寄った。詩織と由実花に食べられて、かなり肌が見えている熟れボディを見おろし、コクッとナマ唾を呑む。

（よし、おれも――）

どれから食べようかと迷っていると、詩織が横から手をのばした。

「向嶋君は、これがいいんじゃない？」

そう言って、股間に置かれてあったマンゴーを手に取る。皮の付いたままカットされていたそれをひっくり返し、果肉を直にデルタゾーンへぶちまけた。

「ほら、マンゴーを食べれば、おま×こが見えるわよ」

やはり駄洒落で高級フルーツを配置したのか。そんなことよりも、一瞬だけ見えた女体の恥丘がツルツルだったことのほうが、大問題だった。

（え、剃ったのか？）

フルーツを盛るために、衛生的な配慮でそうしたのか。それとも、同じくパイパンになった詩織の趣味なのか。

ともあれ、再び隠された割れ目を見たくて、慎一郎はマンゴーに挑んだ。手を使わず。屈み込んで直に口をつける。

チュルッ──。

お日様色の果肉をすすり取れば、口の中に芳醇な甘みが広がる。よく熟したそれは、蕩けるほどに柔らかだった。

これを食してしまえば、さらに熟れた果肉を味わうことができるのだ。夢中でマンゴーを食べていると、下半身に甘美な衝撃が走る。誰かが背後から抱きつき、いきり立つペニスを握ったのだ。

「なによ、ガチガチじゃない」

その声で由実花だとわかった。しなやかな指を尖端から根元まで移動させ、得も言われぬ快さを与えてくれる。

（ひょっとして、したくなっているんだろうか？）

生理中ということで、彼女だけパンティを穿いている。だが、生理のときにムラムラする女性もいると、三流エロ雑誌に書いてあった。実際、牡をしごく手の動きは、どことなく物欲しげであった。

（今ならセックスをしても、生理の血か処女膜が破れた血かわからないな）

などと、馬鹿げたことを考えながら、腰をよじりたくなる快感に鼻息を荒くする。マンゴーを口に入れることも忘れない。

果実の下から、ふっくらと盛りあがった恥丘が現れる。剃りたてと思しきそこはうっすらと色素が沈着して、清楚よりは卑猥寄りの眺めであった。

「ほら、脚を開いてあげて」

詩織の命令に、ユウコとヤヨイが「はい」と声を揃える。両側から膝に手をかけ、むっちりした太腿を左右に分けた。

そのとき、頭に被せられた布袋から、「ンぅ」と声が洩れる。薬が切れたのか、目覚めかけているようだ。

そんなことよりも、慎一郎の関心は無防備に晒された女芯に向いていた。

（これってやっぱり――）

小ぶりな花弁がはみ出したそこは、見覚えがあった。もっとも、あのときはちゃんと毛が生えていたが。

「ほら、向嶋君が童貞を捧げたおま×こよ」

詩織が蔑んだ口調で言い放った。

3

「え、どういうことよ!?」

由実花が驚きをあらわにする。

「言ったとおりの意味だけど。向嶋君はこのおま×こにペニスを挿れて、童貞を卒業しちゃったのよ」

「い、いつ?」

「ええと、いつだっけ?」

詩織に問いかけられ、慎一郎は恐る恐る顔をあげた。

「な、何のこと?」

とぼけたものの、冷たい眼差しを向けられて言葉に詰まる。これでは認めたも同然だ。

(やっぱり立野さんは知ってたのか——)

ただ勘が鋭いだけとは思えない。未遂に終わった由実花との初体験もそうだったし、おそらくは金にものを言わせて、仲間のことや学校内のあらゆる情報を収集しているのではないか。だから由実花が処女であることもわかったのだろう。

「じゃあ、何？　初体験をさせてくれってあたしに土下座しておきながら、自分はさっさと童貞とサヨナラしたっていうの⁉」

由実花が眉を急角度に吊り上げて罵る。慎一郎は返す言葉がなかった。

（ああ、やっぱり怒ってるよ）

恐れていたとおりの展開だ。詩織のほうは特に怒りをあらわにしてはいないけれど、こちらに向けられた視線は氷みたいに冷たい。そもそも、手間をかけてこんな舞台をしつらえたことに、彼女の憤慨の度合いが表れていた。

「ていうか、この女誰よ？」

今さらのように由実花が問いかける。詩織は小首をかしげ、

「確かめてみればいいんじゃない？」

と、軽い口調で言った。

戸惑いを浮かべた由実花であったが、そうしなければ話が進まないと悟ったらしい。女体盛りのワゴンに歩み寄り、頭に被された布袋を乱暴に外した。

「え、先生！」

その声に、慎一郎も女体盛りにされた女性の顔を見る。秘部の佇まいでわかっていたものの、やはりエロ専の担任である、河原崎香奈子先生だった。

「じゃ、じゃあ、あんたは——先生とエッチしたの!?」

由実花が声を震わせて訊ねる。慎一郎は仕方なくうなずいた。

（これはもう、覚悟するしかないな……）

軽率な行動を非難されても仕方がない。しかし、いったいどんな目に遭わされるのだろう。詩織と由実花の他に、メイドがふたりいる。多勢に無勢だ。いくら女の子が相手でも敵うはずがない。

（もしかしたら、裸にしたのは逃げられないようにするためだったのかも）

さすがに暴力をふるわれることはないと思うが、相応の罰は与えられるだろう。

慎一郎は戦々恐々としていたものの、

「ったく、これじゃどうすることもできないじゃない」

由実花が地団駄踏んだものだから（あれ？）となる。

「そうなの。だからわたしも困ったのよ」

詩織も眉根を寄せ、腕組みをする。どうも様子がおかしいなと、慎一郎は恐る恐る訊ねた。

「えと……おれはどうなるの？」

途端に、由実花からギッと睨まれたものだから、直立不動になる。

「あんたのことは、とりあえずあとよ。ヤッちゃった相手が先生じゃ、手出しできないじゃない」

どういうことかと、慎一郎は首をかしげるばかりだった。すると、由実花が苛立ちをあらわに顔をしかめる。

「あのね、これがそこらの女だったら、あんたもまとめてギタギタにしてやるところよ。だけど、先生じゃそうもいかないでしょ。あたしたちの成績とか単位とか卒業とか、将来を左右することに関わってるんだもの。あ、あと、就職の推薦状とかも」

いかにも現実的で常識的な発言である。それが由実花の口から発せられるとは意外であった。

（だったら、今の状況もかなりまずいんじゃないのか？）

先生を拉致して裸にし、剃毛して女体盛りの器にしたのである。まだ意識を取り戻していないが、起きたらひと悶着あるのは確実だ。

そのことに、由実花も気がついたらしい。

「ねえ、これもヤバいんじゃない？　先生にこんなことして」

不安げな問いかけに、詩織はさらりと答えた。

「この程度はどうとでも言い訳ができるわ。教え子が調子に乗って、先生をパーティに巻き込んだってことで。ちょっと悪ふざけが過ぎたかもしれないけど」

調子に乗っただけで、陰毛までは剃らないだろう。到底、悪ふざけで済ませられることではない。

「あとは目一杯感じさせて、満足してもらえばいいのよ」

快感を与えて、有耶無耶にしようというのか。そんなことが、本当にできるのだろうか。

「そこまでしなくても、おれと関係したことをバラすって脅せば、先生も不問にしてくれるんじゃないの？」

教育者としてあるまじき行為だったわけであり、香奈子にとっても弱みになるはず。だからこそ、授業中も様子がおかしかったのである。

「そういうのは好きじゃないわ。先生だって女なんだもの。ストレスが溜まってムラムラしたんだとしたら、責めるのは気の毒じゃない」

詩織が言い、由実花もうなずく。同性だから寛大になれるのだろうか。

「まあ、愉快な気持ちじゃないのは確かだけど。わたしたちがいただくはずだった向嶋君の童貞を、横取りされたわけだから」

詩織の言葉に、慎一郎はドキッとした。

（え、わたしたちがいただくって？）

童貞はひとつしかないから、初めての相手になれるのはひとりだけだ。それとも、彼女は三人で最初の夜を迎えたかったのか。

ともあれ、詩織は慎一郎にバージンを捧げるつもりだったことになる。

（いったいいつから、そんな心境になったんだ？）

何を考えているのかよくわからないキャラクターで、初っ端の課題から下着を見せたり勃起を観察したり、果ては同性の肛門まで舐めさせた。その後も淫らな出来事が目白押しだったから、性的な昂揚と恋愛感情がごっちゃになったのではあるまいか。

それとも、他にめぼしい相手がいないから、手近の男に白羽の矢を立てただけなのか。

「だから、このぐらいお返ししたって、バチは当たらないわ」

詩織がうなずいたのとほぼ同時に、眠っていた香奈子が「んぅー」と呻く。熟れた裸身をモゾつかせ、間もなく瞼を開いた。

「え？」

まずは、周囲にいる裸の面々に驚きをあらわにする。それから頭をもたげて、フルーツの載った自らのボディを確認し、パニックになったようだ。

「な、なな、なんなのよ、これ!?」

彼女はすぐさま起きあがろうとした。ところが、思うように動けないらしい。盛られていたのは睡眠薬ではなく、しびれ薬の類いなのか。

「いらっしゃいませ、先生。ようこそ我が家へ」

詩織の歓迎の言葉も、悪い冗談としか受け止められなかったであろう。

「ようこそじゃないわよ。いったい何をしてるの？」

「これは、わたしが主宰したパーティなんです」

「だからって、どうしてわたしがこんな格好をさせられてるのよっ！」

「先生はサプライズゲストですから」

「意味がわからないわよ！　とにかく、わたしを動けるようにしなさい」

やはりからだが自由にならないのか、先生の眉間のシワが深くなる。かなり苛立っている様子だ。

「薬が切れたら、じき動けるようになりますよ。それよりも、わたしたちに先生を歓待させてください」

「かんたい……わ、わたしは海軍に入る予定はないわよ」

明らかに艦隊と間違えている。

「そういうことではありません。日ごろの感謝を込めて、先生を気持ちよくしてさしあげます」

「なに馬鹿なこと言ってるの。だいたい、どうしてわたしがそんなことをされなくちゃいけないのよ」

「ですから、単なる感謝の気持ちです」

感謝どころか、男を横取りされた恨みなのである。香奈子も慎一郎の姿を認め、察するところがあったらしい。表情に怯えが走った。

「では、さっそく始めますね」

詩織が不敵な笑みを浮かべた。

「まずはこの子たちを紹介しますね。わたしのメイドのユウコとヤヨイです」

「ユウコです。初めまして」

「ヤヨイです。以後お見知りおきを」

裸のメイドふたりが、うやうやしくお辞儀をする。香奈子は苛立ちをあらわにした。

「何なのよ、ユウコとかヤヨイとか。次はピーナッツ姉妹でも出てくるの?」

「そんなメイドはいませんけど」

「真顔で答えるんじゃないわよ。だいたい、どうしてみんな裸なのよ?」

「これが我が家の流儀なんです」

「説明になってないわよっ!」

顔を真っ赤にして声を荒らげる香奈子は、これから行なわれることを恐れているふうでもある。そのため、無理やり自らを奮い立たせているのではないか。

「ユウコとヤヨイが、先生を綺麗に飾り立てたんです。お気に召しましたか?」

「召すわけないでしょ。ただの女体盛りじゃない」

「あら、けっこう難しいんですよ。飾りつけだけじゃなくて、事前の準備も。余計な毛を剃らなくちゃいけないんですから」

「え、毛って?」

「ユウコ、鏡で見せてあげて」

「はい、お嬢様」

ユウコがワゴンの下から鏡を取り出し、香奈子の股間に置く。頭を少しだけもたげた先生は、そこに映る自身の割れ目を確認して顔を強ばらせた。

「な、なな、なんてことをしてくれたのよっ！」

「いいじゃないですか、綺麗になったんですから。これが今どきの女性のエチケットだって、ご存知ですよね？」

「冗談じゃないわ。何が悲しくて、三十路前の女がパイパンにならなくちゃいけないのよ！」

「わたしもパイパンにしてますけど。でも、先生のお股のほうが、剃るのが大変だったと思います」

「どうしてよ？」

「ビラビラがはみ出してますし、おしりの穴の周りにも生えてたそうですから」

この返答に、香奈子はかなり狼狽した。

「なに言ってるのよ。わたしのおしりには、そんなもの生えてないわっ！」

「それって向嶋君ならわかりますよね」

詩織がいきなりこちらに向き直ったので、慎一郎はドキッとした。

「ねえ、香奈子先生のおしりの穴、まわりに毛が生えてたんじゃない？」

たしかにそこには、短い毛が疎(まば)らに生えていたのだ。思い出して、股間の勃起がビクンと反り返る。とは言え、さすがに肯定できなかった。

香奈子は絶望をあらわにしていた。詩織の質問で、慎一郎とセックスしたことがバレたと悟ったのだろう。そして、今の状況がその報いであることも理解したのではないか。

「全部綺麗に剃りましたから、もう心配しなくていいですよ。安心して、ふたりにまかせてください」

詩織が目配せし、ユウコとヤヨイが左右からワゴンに歩み寄る。からだが満足に動かせないらしい香奈子は、怯えを隠さず目を左右に動かした。

「え、な、なに？」

疑問を発した唇をいきなり塞いだのは、ユウコだった。

「む、むぅ」

同性にキスをされて、熟れた女体がわずかにくねる。しかし、抵抗もままならず、されるがままであった。

その間に、ヤヨイが女体に残っていたフルーツを取り去ってしまう。

「はぁ、ハァ……」

　ユウコが顔をあげると、香奈子は頬を紅潮させていた。息づかいが荒く、目が泣いたあとみたいに潤んでいる。かなり吸われたらしく、唇がやけに赤かった。

　そして、どこか陶酔の面持ちなのは、裸のメイドとくちづけて、感じたからではあるまいか。

「じゃあ、次はわたしですね」

　今度はヤヨイが顔を伏せる。仰向けでもふっくらした盛りあがりを維持している、おっぱいの頂上に。

「きゃふッ」

　ワイン色の乳頭を吸われ、香奈子が鋭い声を発する。もう一方にもユウコが吸いついたため、洩れる艶声が大きくなった。

「ああ、あ、あふ……くぅうーン」

　いよいよ薬が切れてきたのか、女体がいやらしく波打ちだす。両脚も曲げ伸ばしされ、無毛の秘苑をあらわにさらけ出した。

（あ、濡れてる——）

　慎一郎は目撃した。ほんのり黒ずんだ恥割れが、透明な蜜を滲ませているのを。

乳首へのダブルス攻撃に、熟れた肉体が燃えあがっているようだ。

　それを察したのか、ユウコが顔をあげる。

「じゃ、おっぱいは任せたわよ、ヤヨイ」

　同じ顔のメイドに告げると、香奈子の下半身へ移動した。脚を大きく開かせ、ワゴンに上がって膝のあいだにうずくまる。

　ユウコの陰になって、先生の秘部が見えなくなる。代わりに、ヒップを背後に突き出したメイドの、ぷっくりした割れ目が大胆に晒された。ほんのり赤らんだ、可憐なアヌスとともに。

　淫猥な光景にナマ唾を飲んだとき、香奈子が「あひッ」と嬌声を発した。敏感な部分に、同性のくちづけを受けたのだ。さらにピチャピチャと舌鼓が打たれ、熟れたボディがワゴンの上でのたうつ。

「ああっ、あ、そこぉ」

　程なく、あられもないよがり声があがった。

　クンニリングスを施すユウコのおしりが、左右にぷりぷりと振られる。あらわになっている恥割れは、合わせ目に透明な露を溜め込んでいた。年上の秘唇をねぶりながら、彼女も昂奮しているのだ。おそらく、乳首を吸いたてるヤヨイも。

（うう、いやらしい）

二対一のレズプレイに、慎一郎はいく度も勃起を反り返らせた。下腹をぺちぺちと打ち鳴らし、亀頭とのあいだに粘っこい糸を何本も繋げる。

「あああ」

たまらず声をあげてしまったのは、強ばりきった牡棒に、柔らかな指が巻きついたからである。

「こんなにガチガチにしちゃって」

どこか悩ましげな声でなじったのは由実花だ。またも背後から身を寄せて抱きつき、手を前に回して屹立を握ったのだ。

さらに、もう一方の手で、陰嚢もすりすりと撫でる。

「あうう、ちょ、ちょっと」

射精しそうになり、慎一郎は膝をガクガクと揺らした。焦って歯を食い縛り、頂上に至るのをどうにか阻止する。

「これ、本当に香奈子先生のオマ×コに挿れたの？」

淫らな言葉遣いで問い詰められるのと同時に、うなじに温かな息がかかる。慎一郎は頭がぼんやりするのを覚えつつ、「うん」とうなずいた。

「ったく、節操ないわねえ」

忌ま忌ましげに責められる。たしかにその通りだから、何も言い返せない。

「ごめん……」

謝ると、ペニスをギュッと握られた。

「謝ればいいってもんじゃないわよ。あんたは純情な乙女を弄んだ挙げ句、裏切ったんだからね」

乙女を名乗るのは図々しい気がしたものの、由実花はバージンなのだ。傷つけたことを反省する。

「あれこれお願いしておきながら、自分だけさっさと体験したのは、本当に身勝手だったと思います。ごめんなさい」

丁寧に謝ると、やるせなさげなため息が後ろから聞こえた。これで許してもらえるのかなと思ったものの、

「反省してるのなら、床に寝なさい」

と、不吉な命令が飛ぶ。何かするつもりなのは明らかで、けれど逆らえるような雰囲気ではない。

「わかりました……」

由実花が離れ、慎一郎は渋々言われたとおりにした。ふたりがかりで責められる香奈子の、煽情的なよがり声を聞きながら。

(先生、かなり感じてるみたいだな)

おそらく、これから延々とイカされ続けるのではないか。要は快楽の拷問であり、これが詩織の言う歓待なのだろう。

下腹に張りつくほど直立したペニスを脈打たせつつ、床に背中をつけて仰向けになる。天井を見あげた慎一郎は、由実花からいきなり顔を跨がれて、あやしいときめきを覚えた。

(ああ、やっぱり——)

密かに予想したとおり、顔面騎乗をされるのだ。

「ほら、あんたの好きなおしりをあげるわ」

言うなり、由実花が膝を折る。たわわなヒップが急降下してきた。

「ンぷっ」

柔らかな重みで顔面を潰される。

彼女は生理中と言ったが、鼻面がめり込むクロッチの内側に、ナプキンの感触はない。あるいはタンポンを挿れているのか。

そして、これまで嗅いだものとは異なる恥臭が、鼻奥にまで流れ込んだ。

「これが好きなんでしょ？　生理だから、けっこう匂うかもしれないけど」

言いながら、由実花が股間をぐいぐいとこすりつけてくる。その部分がいつにも増して強い臭気を発している自覚があるのだ。

（ああ、なんだこれ）

間違いなく異臭なのに、不思議と悪くない。むしろ、ずっと嗅いでいたい気にさせられる。

「なによ。あんたってば、生理中のくっさいオマ×コも好きなの!?」

由実花があきれた声でなじる。股間のジュニアがさらにふくれあがった感覚があったから、それを見てわかったのだろう。

「ったく、ヘンタイなんだから」

屹立が握られ、乱暴にしごかれる。悦びが全身に浸透し、慎一郎は四肢をピクピクとわななかせた。

「オチ×チン、硬すぎるわよ」

由実花はペニスを持て余しているふうだ。ラッシュアワーの電車さながらに血液を溜め込んだそれは、下腹から剝がすことも困難なほど強ばりきっていた。

「ねえ、わたしもまぜてもらえる？」

詩織の声に続き、

「な、何なのよ、それっ!?」

由実花が驚愕の声を発する。

（え、何だ？）

訝る慎一郎の視界が、突然開ける。由実花が顔の上から離れたのだ。

「パーティはまだ始まったばかりなのよ」

不敵な笑みを浮かべる詩織が、足元に立っている。その姿に、慎一郎は息を呑んだ。

（な、なんだそれ――）

全裸だった詩織が、黒いパンティを穿いている。いや、それはただの下着ではない。革製らしく光沢があり、ウエスト部分もゴムではなくベルトだ。

無毛の股間は、逆三角形の革布でしっかりガードされていた。そして、そこからにょっきりと生えるのは、明らかに勃起したペニスをかたどったものである。レズもののアダルトビデオで見た、俗にペニバンと呼ばれるものだ。

（いや、誰に使うんだよ？）

由実花は生理中だし、まだバージンなのだ。そんなものを挿入するわけにはいかないだろう。

(ま、まさか、おれに!?)

勝手に初体験をした制裁として、アナル童貞を奪おうというのか。

「ちょ、ちょっ、ちょっと——」

慎一郎は慌てて上半身を起こした。そのとき、

「イヤっ、あ——イクイク、いくぅッ!」

ワゴンのほうから香奈子の絶叫が聞こえる。メイドふたりに乳首とアソコをねぶられて、絶頂したのだ。声の大きさからして、かなりの悦びを与えられたに違いない。

間もなく、ユウコが満足げな面持ちで、ワゴンから降りてきた。

「先生、たくさんお潮を噴いちゃいました。バナナがとっても気持ちよかったみたいです」

どうやらクンニリングスだけでなく、フルーツ挿入でもよがらせたらしい。そして、ヤヨイもワゴンから離れる。

「それじゃあ、今度は錦織さんをお願いね」

「わかりました」

詩織に指示され、メイドたちはふたりがかりで由実花を取り押さえた。

「イヤッ、何するのよ!?」

逃れようとしたものの、ユウコもヤヨイも意外と力があるらしい。抵抗も虚しく、由実花は四つん這いの姿勢を取らされた。慎一郎にヒップを向けて。

股間に喰い込むクロッチには、いびつな濡れジミがあった。顔面騎乗をした名残なのか。生理中の陰部を男に与えながら、密かに昂ぶっていたらしい。

由実花の脇に片膝をついた詩織が、最後の一枚を無造作に引き下ろす。

「いやあッ!」

盛大な悲鳴があがったのと同時に、女芯が晒された。わずかにほころびた恥割れから、白い糸が一本垂れている。やはりタンポンを挿れていたのだ。

「ば、バカ、何てことするのよッ」

由実花は涙声になっていた。生理用品を装着した秘部を暴かれるのは、かなりの恥辱に違いない。

詩織は平然としていた。「静かにしてなさい」と軽くたしなめ、挑発するような眼差しを慎一郎に向ける。

「向嶋君が選んでちょうだい」

「え、何を？」

「このペニバンを、どちらに突っ込んだらいいのかを。錦織さんのおま×こか、向嶋君のおしりの穴か」

とんでもない二者択一に、慎一郎は啞然となった。そして、ようやく悟る。これはやはり、自分に対する罰なのだと。

「じょ、冗談じゃないわよ！」

ペニバンで処女を破られるかもしれないと理解し、由実花が声を荒らげる。しかし、詩織は一向に気にしない。

「あら、わたしは本気よ」

「冗談だろうと本気だろうと、そんなことをされてたまるもんですか。だいたい、あたしは生理中だって言ったでしょ」

「かまわないわ。このタンポンを引っこ抜けばいいだけの話だもの。それに、処女膜が破れれば血が出るんだから、同じことだと思うけど」

「同じじゃないわよ、バカっ」

「とにかく、わたしはどちらでもいいんだから、向嶋君の選択に任せるわ」

任せると言われて、はい、そうですかと答えられるわけがない。

もちろん、おカマを掘られるのはまっぴらである。かと言って、由実花が疑似男根で処女を散らされるのも忍びない。

(……おれが悪かったんだから、おれが罰を受け入れるしかないんだ)

他に選択肢はない。慎一郎は覚悟を決めた。

「わかった……いいよ。おれに挿れてくれ」

告げると、由実花が驚きをあらわにふり返る。難を逃れて安堵している様子はなく、むしろこちらを心配しているふうだった。

おかげで、決心が挫けることはなかった。

(そうさ、これでいいんだ)

慎一郎は大の字で床に寝転がると、ヤケ気味に声を張りあげた。

「さあ、好きにすればいいさ。矢でも鉄砲でも持ってこい」

正直、ここまで自己犠牲の精神を見せれば、詩織も許してくれるのではないかという期待があった。しかし、彼女はそこまで甘くない。

「そうさせてもらうわ。矢でも鉄砲でもなくて、ペニバンだけど」

ユウコとヤヨイに、詩織が目配せをする。拘束する必要のなくなった由実花が解放され、メイドたちがこちらに来た。

「じゃあ、向嶋君をたっぷりとヨロコばせてあげるわね」

慎一郎は顔をしかめた。おしりを犯されて嬉しいはずがない。与えられるのは苦痛と屈辱のみだ。

ふたりのメイドが左右に膝をつく。何をするのかとビクビクしていると、予告もなく両脚を摑まれた。

「わ、わ、うわっ」

慎一郎は思わず声をあげた。後方にでんぐり返しをするみたいに、からだを折りたたまれたのだ。しかも、脚を大きく開かされて。

まんぐり返しならぬチンぐり返し。慎一郎は恥辱の涙をこぼした。

(うう、こんなのって……)

下腹にへばりつく肉勃起ばかりか、アヌスまでまる見えのみっともない格好。それを四人の異性に見られているのである。

「ふふ、可愛いおしりの穴」

尻底を覗き込み、詩織が満足げにうなずく。玉袋の向こうに見える美少女の顔を、これほど憎らしいと思ったことはなかった。

「それじゃ、挿れる前にほぐしてあげるわ」

言うなり、彼女が顔を伏せたものだから、慎一郎は焦った。

「え、ちょ、ちょっと――」

学校を終えて、真っ直ぐこのマンションに来たのである。あらわに晒された尻の谷は、蒸れた汗の匂いをこもらせているはずだ。あるいは、もっと恥ずかしい匂いも。

なのに、詩織は少しも躊躇せず、牡の排泄口をペロリと舐めたのである。

「くはッ」

くすぐったい気持ちよさに、慎一郎は全身をビクンと震わせた。同い年の美少女による淫らな奉仕は、背徳感も著しい。背すじが震えるほど感じてしまう。

「う、あ――や、やめ……」

慎一郎は身をくねらせ、たたまれたからだをビクビクとわななかせた。

アナル舐めが終わるとローションが垂らされ、ユウコとヤヨイが代わる代わる直腸に指を突き立てる。それも、かなり手慣れたふうに。

「うああ、あ、むうぅぅ」

息苦しさと違和感と、それから奇妙な快感がない交ぜになった、何とも言えない感覚。前立腺が刺激されたのか、ペニスが限界以上に強ばり、透明な粘液をトロトロと噴きこぼす。それは下腹を伝い、鳩尾にまで滴った。

「そろそろいいみたいね」

仰向けの姿勢になることを許された慎一郎は、胸を大きく上下させた。ようやく楽になったものの、これで終わりではない。

「膝を立てなさい」

男を受け入れる女性のポーズを取らされる。ヒクつくアヌスに、ペニバンの尖端があてがわれた。

「それじゃ、いくわよ」

いよいよバックバージン喪失というそのとき、

「ちょっと待ちなさい！」

突如響いた声は、由実花だった。詩織を押し退け、慎一郎の腰にひらりと跨がる。股間に垂れた白い紐を摑み、一気に引き抜いた。

「あたしのオマ×コに挿れればいいんでしょ」

言うなり、逆手で握った屹立の真上に腰を落とす。迎え入れたところは、これまで何ものも受け入れていない、穢れなき園。

「あああああッ！」

由実花の悲鳴が、部屋にこだまする。二十五年も守り通してきた処女地に、牡を迎え入れたのだ。

（そんな、どうして――）

訳がわからず混乱しつつも、めくるめく愉悦に巻かれる。ぴっちりとまといつく蜜穴が、最高の快楽をもたらしたのだ。

「あああ、ゆ、由実花さん」

頂上が迫り、腰をガクガクと揺すり上げる。ずっと昂奮しっぱなしだったためもあり、少しも堪え性がなかった。

「ダメ、動かないでっ」

由実花の悲痛な声にも、耳を貸すことができない。蕩ける歓喜に溺れて、オルガスムスに身を投じる。

「ううう、い、いく」

慎一郎は呻き、激情のエキスをドクドクと噴きあげた。

第六章　三人でエロキャンプ

1

親睦と研修を兼ねたエロ専のキャンプは、幸いにも好天に恵まれた。

場所は関東北部にある、自然の豊かなキャンプ場だ。渓流が涼しげな音を奏でる山間の地で、バンガローやオートキャンプ施設もある。自由に使える炊事場とかまどには、薪などの燃料はもちろん、鍋や飯ごうも用意されていた。テントも借りられるし、トイレも浄化槽の水洗と至れり尽くせりだ。

また、有料だが温水シャワーも使える。必要なものがきちんと揃った、初心者でも楽しめるところであった。

もっとも、生徒たちは、バンガローに泊まるわけではない。グループごとにテントを借りて立てるのだ。

引率の先生たちは、もちろんバンガローである。研修で使うビデオカメラなどの機材もあり、戸締まりのできるところで管理しなくてはならないというのが表向きの理由だ。そんなのはただの口実だと、生徒たちはみんなわかっている。

香奈子先生はまだ若いけれど、お年を召した先生もいる。生徒と同じくテントで寝泊まりするべきだなんて、子供っぽい平等主義を訴える者はいなかった。

キャンプの日程は一泊二日。自然散策や飯ごう炊さんといった定番のメニューに加え、撮影の実習もある。もっとも、作品を完成させるわけではなく、今後の課題に使える素材を撮ることが目的であった。

よって、実習よりも重要視すべきは親睦である。二日間を自然の中で過ごし、仲間たちで楽しい時間を過ごすのだ。慎一郎はそのつもりでいた。

ところが、三人のあいだには、先週以来の不穏な空気が漂っていた。

「ほら、さっさとやっちゃってよ」

由実花が尊大な態度で命じる。テントを設営する慎一郎に向けた言葉だ。

「だったら手伝ってくれればいいじゃないか」

ブツブツこぼしたところで、彼女が手を差しのべてくれるはずがない。何しろ、リゾートチェアにふんぞり返り、完全にリラックスモードでいるのだから。

そんな彼女を横目で見て、慎一郎はモヤモヤした気分に苛まれる。先週あったばかりの、めくるめくひとときを脳裏に蘇らせて。

（おれ、由実花さんとセックスしたんだ——）

抗う間も与えられずに跨がれ、否応なく交わったのだ。ほとんど逆レイプにも等しいシチュエーションだった。

しかし、関係を持ったのは事実である。それから、彼女のバージンを奪ってしまったことも。

（だけど、どうしてあんなことをしたんだ？）

いくら考えても、さっぱりわからない。

肛門を犯されようとしている慎一郎を見て、気の毒に思ったのは確かだろう。だからと言って、それと引き換えに処女を差し出すのは、いくらなんでも自己犠牲が過ぎる。

由実花はもともと、早く体験したいと思っていた。今がチャンスだと、衝動的に交わったとも考えられる。全員裸というアングラ演劇みたいな状況で、淫靡なさよう。
雰囲気にどっぷりつかっていたことも、処女喪失を後押しさせたなんて解釈もで
ただ、本当の気持ちは、彼女にしかわからない。もしかしたら、本人にもわか
らないのかもしれない。
あの直後、由実花は中で射精されたことに不平をこぼしただけで、二十代半ば
で処女を卒業した感慨を口にすることはなかった。そもそも生理中で、妊娠の心
配はなかったはずだから、不平も単なる照れ隠しだったのか。
詩織のほうは、由実花の行動にかなり驚いた様子だった。いつものポーカー
フェイスが消え、目を丸くしていたほどに。そこまですとるとは、彼女も予想して
いなかったのだろう。
そして、あの場は一気に毒気が抜かれたみたいになり、パーティも即お開きと
なった。
由実花は真っ先に服を着て、マンションの部屋から出て行った。慎一郎は後れ
を取り、急いで跡を追ったものの、すでに彼女の姿はどこにもなかった。
翌日、エロ専で顔を合わせた由実花は、普段の彼女そのままだった。慎一郎は
ホッとしつつも、どこか釈然としなかった。

要は、これまでと変わらないということなのか。いたずらに態度を変えられるよりは、ずっと気が楽なのは確かであるが。

（これでいいんだよな……）

そう思いつつも気がかりが消せない。もうひとりの仲間について。

そちらにチラッと視線を向ける。由実花から少し離れたところに、何をするでもなく佇む美少女——詩織の姿があった。彼女もテント設営に手を貸そうとはせず、興味などなさげな面持ちで、周囲の木々を見あげている。

暇だったら手伝ってほしいと、喉まで出かかった言葉を寸前で呑み込む。言っても無視されるどころか、睨みつけられるとわかっていたからだ。

詩織の冷たい態度は、あの翌日から続いていた。話しかけても何も答えず、横目でチラッと一瞥するだけ。由実花に対しても、それは同じであった。

おかげで由実花のほうも、このところ苛ついているかに見える。ただ、無視する理由を詩織に問い詰めなかったのは、理由を察しているからだろう。

かくして三人は、ずっとぎくしゃくしていた。

こんなことになるのなら、由実花とセックスをしなければよかった。しかし、彼女が有無を言わせず跨がってきたのであり、回避することは不可能だった。

いや、慎一郎が土下座して脱童貞を頼んだことが尾を引いて、由実花を暴走させたのではないか。それに、節操なく香奈子と初体験を遂げたから、詩織が妙なパーティを催したのである。

（つまり、すべての原因はおれにあるんだよな……）

処女を与えてくれた年上の女をチラ見すれば、尊大な態度を崩していない。ただ、行き場のない苛立ちを、持て余しているふうでもある。

考えてみれば、初めてを捧げた男とキャンプに来ているのだ。ふたりっきりではないものの、本来なら浮かれ気分になってもいいだろう。

実際、このキャンプの計画が香奈子から伝えられたとき、由実花は楽しみだと言ったのである。ただ、詩織が不機嫌だったため、たちまちトーンダウンしてしまったが。

（由実花さん、立野さんに遠慮してるのかも）

慎一郎とベタベタしようものなら、詩織はますますヘソを曲げるに違いない。そうと察して、それこそエロ専に入学した当初のように、わざと傲慢に振る舞っているのではないか。だとすれば、さすがは大人だと言える。

（以前は逆だったのにな……）

年甲斐もなく我が儘で、子供っぽかった由実花に対して、クールな美少女は常に冷静だった。それが今や、完全に逆転している。

(立野さんも、由実花さんがどうしてあんなことをしたのか、わかってあげられると思うんだけど)

ひとりでむくれているなんて、少しも建設的ではない。今の詩織は、単なる駄々っ子みたいなものである。

こんな調子でキャンプを乗り切れられるのか、慎一郎は不安を覚えた。今夜は三人で、狭いテントで過ごさねばならないのに。

異性混合のグループは、他にもある。若い男女がひとつのテントで夜を過ごすなど、本来なら歓迎されることではない。

しかし、ふたりっきりではなく、三~四人が一緒なのだ。寝袋も使用するから、学校側は特に問題ないと判断したようである。

「だけど、本当にここでいいの？」

慎一郎が改めて確認すると、由実花が「どうしてよ？」と眉間にシワを刻む。

この場所にテントを張ろうと提案、というより命令したのは、彼女なのだ。

「だって、他のテントから離れてるし、ちょっと寂しいんじゃないかと思って。

あと、トイレも遠いんだよ」

ここはテント設営エリアの、最も奥に当たる。他のみんなは利便性を考え、トイレやシャワーなどの施設が近いところに固まっていたのだ。

ところが、由実花が即座に反論する。

「バカねえ。離れているからいいんじゃない。他の連中とくっついて、夜中に隣のテントからイビキなんかが聞こえてきたら最悪よ」

「だけど、ここも川に近いから、そんなに静かじゃないと思うけど」

「イビキとせせらぎは違うわよ。自然の音を聞きながらだったら、むしろ心地よく眠れるじゃない」

そこまで言われると、そうかもしれないと思えてくる。しかし、本当にそれだけが理由なのだろうか。

(何か企んでいるわけじゃないよな?)

さすがに考えすぎかと思い直し、ひとりでテントを設営する。ふたりとも手伝ってくれなくて、慎一郎はやれやれと肩を落とした。

(もしかしたら、夕食もおれがひとりで作ることになるのかも)

密かに危ぶんだものの、それは杞憂であった。

メニューはキャンプの定番、カレーライス。材料を切って煮込み、ルーを入れるだけの簡単なものながら、これは由実花が担当した。端から見ていても意外と手際がよく、しかも美味しかったのである。

飯ごうでご飯を炊くのは、詩織がやってくれた。そちらも焦がすことなく、電気釜を使ったみたいに上出来だった。

もっとも、三人がバラバラで、互いに言葉を交わすことがほとんどなかったのは変わらずだ。食事のときも、由実花と慎一郎がわずかに話した程度。雰囲気としては、決していいものではなかった。

(せっかくのキャンプなのに、全然楽しくないよ)

夜のことを考えると、ますます気が滅入る。こんな調子で、ひと晩を過ごさなければならないなんて。

だが、時間が止まりでもしない限り、そのときは確実にやってくるのだ。

2

明日の予定についてのミーティングが終わり、就寝時刻となる。生徒たちは三々五々、それぞれのテントへ戻った。ただ、女子の半分以上は、コイン式のシャワー施設へ向かったようである。

慎一郎はトイレを済ませたあと、シャワーを使おうかどうしようか迷った。だが、行ってみると女の子たちが並んでいたために、気まずくて諦めた。

（まあ、いいさ。ひと晩ぐらい）

特に汗をかくような活動もなかったし、ウェットシートもある。汗や匂いが気になったら、それで股間や腋を拭けばいい。そう考えてテントへ戻った。

詩織と由実花は、すでにテントの中にいた。

「遅かったじゃない」

由実花にギロリと睨まれ、慎一郎は反射的に首を縮めた。もっとも、いったい何が遅いのか、よくわからなかった。

詩織はと言えば、相変わらずのポーカーフェイスで、テントの奥にちょこんと正座している。

（ホント、何を考えているんだろう……）

改めて、得体の知れない美少女だと思ったとき、

「それじゃ、始めるわよ」

由実花がバッグから瓶を取り出す。どうやらウイスキーらしい。さらに、紙コップやおつまみも並べた。

(宴会でも始める気か?)

眉をひそめる慎一郎に、由実花が「ほら、坐りなさい」と声をかける。

「あ、うん……」

膝をつくと、彼女は得意げにウイスキーの瓶を見せた。

「もらい物だけど、シングルモルトよ。今夜はこれで愉しみましょ」

琥珀色の液体が入った瓶は、いかにも高級そうな趣がある。おそらく、いいお酒なのだろう。二十歳になっていない慎一郎には、縁のない代物だが。

「おれ、未成年なんだけど」

飲めない旨を告げても、由実花は一向に気にしない。

「選挙権があるんでしょ。だったら立派な大人よ。堅いこと言いっこなし」

三つ並べた紙コップに、ウイスキーを半分ぐらいずつ注ぐ。そのまま薄めず飲むつもりらしい。

(ウイスキーって、水割りにするものじゃないのか?)

アルコール未経験の慎一郎でも、そのぐらいの知識はある。ストレートで飲んだら、アルコールがかなり強いことも。

実際、テント内にたちこめた独特の香りだけで、酔ってしまいそうだ。

「ほら、これはあんたのぶん」

由実花から渡された紙コップを、詩織は素直に受け取った。口許に運んで香りを確認すると、納得したふうにうなずく。

「うん……スキャパの一六年ね」

これに、由実花が驚きをあらわにする。詩織はボトルを確認しなかったから、香りだけで銘柄を当てたらしい。

「フン。コドモのくせに」

さっきは立派な大人だなんて言っておきながら、由実花が面白くなさそうに顔をしかめる。こんな酒盛りを企画したのは、おそらく詩織にお説教をするためなのだろう。酔った勢いで絡むつもりなのだ。

「あんたも飲むのよ」

慎一郎にも紙コップを押しつけると、彼女は「乾杯」と気勢をあげた。

「か、乾杯……」

慎一郎はつられて声を出したものの、詩織は無言だった。そのくせ、コップに口をつけると、一気に半分近くも飲んだのである。

(嘘だろ!?)

間近で匂いを嗅いだだけで辟易した慎一郎は、とても信じられなかった。彼女はどうやら飲み慣れているようだ。

「な、なかなかいい飲みっぷりじゃない」

由実花も動揺をあからさまにする。焦って追従しようとしたらしいが、思いっきり噎せてしまった。

「ケホッ、ケホッ」

カエルみたいに咳き込み、目に涙を浮かべる。悔しげに詩織を睨みつけた。

その隙に、慎一郎は紙コップを下に置いた。

由実花はウイスキーを注ぎ直すと、今度は噎せないよう、注意深く喉に流し込んだ。しかめっ面をこしらえつつも、ふうーと息を吐き出す。

それを見て、詩織はコップに残っていたものをコクコクと喉に流し込んだ。

「さ、駆けつけ三杯よ」

由実花が詩織と、自分の紙コップに琥珀色の液体を注ぐ。そうやってストレートのウイスキーを飲み合う女性陣に、慎一郎は嫌な予感を覚えた。

（これって酔っ払いふたりに、おれが絡まれるってパターンじゃないのか？）

ビクビクしていると、三杯目を空けた由実花が、また大きく息をつく。アルコールを含んだそれを嗅いで、慎一郎は頭がクラクラするのを覚えた。

「ところで、いったい全体どういう了見なのよ？」

由実花の問いかけに、詩織が首をかしげる。

「何のこと？」

相変わらずのポーカーフェイスながら、目許がわずかに赤らんでいる。今まで口をきかなかったのに答えたところをみると、すでに酔っているのではないか。

「何のこと、じゃないわよ。あんた、もうずっとあたしたちのこと、シカトしてんじゃない。何が気に入らないのよ？」

最初から喧嘩腰の由実花に、慎一郎はハラハラした。おまけに、詩織が眉間にシワを刻んだのだ。感情を表に出さない彼女には、その程度でもかなりの変化と言える。

「べつにシカトなんてしてないけど」

「してるじゃない。あたしがこいつとエッチしたのが気にくわないんでしょ？」

いきなりの核心を突く問いかけに、詩織が気色ばむ。これでは、そのとおりだと認めたようなものだ。

「な、なに言って——」

口に出しかけた言葉を、美少女が焦り気味に呑み込む。それから、悔しそうに年上の女を睨んだ。

「ほら、図星じゃない」

よせばいいのに、由実花が追い討ちをかける。続いて、さらに突っ込んだ質問をした。

「ねえ、あなたが頭にきてるのは、あたしが先にバージンを卒業して、置いてきぼりを食ったから？　それとも、こいつを取られたくないからなの？」

詩織は答えず、唇を歪めた。迷うような表情を見せたから、自分でもよくわからないのではないか。

詩織が何も言わないものだから、由実花は面白くなさそうに顔をしかめた。またウイスキーを紙コップに注ぎ、くいっと一気に空ける。

（いくら何でも飲みすぎだよ）

彼女の目は、明らかに据わっている。そして、今度は慎一郎を睨みつけた。

（え？）

怯んだところで、顎をしゃくられる。

「脱ぎなさい」

「ぬ、脱ぐって――」

「下だけでいいから脱ぎなさい。チ×チンを出すのよ」

品のない命令に啞然とした慎一郎であったが、由実花がいきなり服を脱ぎだしたものだからドキッとする。

「あー、暑い」

酔ってからだが火照ったのか。しかし、彼女は上半身ブラジャーのみになると、ジーンズにも手をかけた。少しもためらわず、するりと剝きおろす。

（やっぱり、いやらしいことをするつもりなんだな）

淫らな戯れをすることで、関係を修復しようというのか。あるいは、他に何か意図があるのか。

「あんたも脱いだら？」

年上から挑発的に言われるなり、詩織が表情を強ばらせる。負けていられないとばかりに、下から脱ぎだした。

（立野さんも酔ってるんだな）

ここまで感情をストレートに出すのは、普段の自分を失っている証だ。脱ぎっぷりもよく、ブラジャーもはずしてパンティのみになった。

あらわになった豊満なおっぱいを見て、由実花は対抗心を燃やしたらしい。背中に手を回し、ブラのホックをはずそうとしたものの、結局思いとどまった。自身の貧乳と比べられたくなかったのだろう。

その代わり、また慎一郎を睨む。

「ちょっと、あたしたちがここまでしてるのに、どうして脱がないのよ⁉」

なじられて、慎一郎はやむなくベルトを弛めた。

「下だけでいいんだよね？」

どうにでもなれとやけっぱちで、下半身をあらわにする。すでに何度も見られているから、恥ずかしさはなかった。

下着や肌を晒した魅力的な異性を前にして、股間のシンボルは五割ほどふくらんでいた。ウイスキーの香りをかき消すほどに、テント内に彼女たちのなまめかしい匂いが立ちこめていたせいもある。

それでも由実花は不満だったようだ。

「なによ、まだタッてないの？」

ふくれっ面で手をのばし、ペニスを無造作に握る。

「あうッ」

慎一郎は呻き、腰をよじった。

柔らかな指が、手慣れた動きで牡器官を愛撫する。海綿体が血液を集め、そこは瞬く間にピンとそそり立った。

「ふふ、大きくなった」

嬉しそうに白い歯をこぼした由実花が、思わせぶりに唇を舐める。ところが、詩織を振り返るなり、屹立から手をはずした。

「ほら、好きにしていいわよ」

「え?」

きょとんとする美少女に、

「これはあなたに譲ってあげる。エッチでも何でも、好きにすればいいわ」

由実花はすまし顔で告げ、いい女ぶって髪をかき上げた。

彼女が慎一郎から離れると、詩織が戸惑いを浮かべつつも前に出る。漲りきった若茎に手をのばし、そっと指を絡めた。

「ううう」

もどかしさの強い快さに、腰がブルッと震える。

（なんか、すごく気持ちいい……）

指の一本一本から、情感が染み渡ってくるようなのだ。前に握られたときには、ここまで感じなかったのに。

詩織の表情を窺うと、頬を紅潮させ、目を潤ませている。

（こんなに可愛かったんだ、立野さん……）

美少女であることに変わりはないが、今は愛らしさが五割増し、いや、それ以上かもしれない。普段は見せない面差しに、慎一郎は魅せられていた。

「あ……」

顔をあげた詩織が、慎一郎と目が合うなりうろたえる。耳まで真っ赤になり、俯いてクスンと鼻をすすった。

（くそ、可愛いなあ）

この反応も、酔っているせいなのか。ともあれ、今なら素直な気持ちを聞き出せるかもしれない。

「ずっとおれたちと話をしなかったのは、おれが由実花さんとセックスをして怒ったから？」

訊ねると、彼女は少し考えてから、首を横に振った。

「じゃあ、仲間はずれにされた気がしたから？」

「……たぶん違う」

「だったら、どうして？」

「わからないわ」

詩織はやるせなさげに答えると、ペニスを握った手を上下させた。

「あ、あっ」

快感がふくれあがり、腰がわななく。慎一郎は後ろに手をついてのけ反った。

「こんなに硬い……」

つぶやいて、詩織が手の動きを止める。小さなため息をこぼした。

「……ごめんね」

「え、何が？」

「わたし、向嶋君と錦織さんがセックスしたのを見て、すごくショックだったの。どうしてなのかは、うまく説明できないけど」

彼女がこんなふうに本心を吐露するのは、初めてではないか。アルコールの効果だとしたら、ウイスキーを準備した由実花に先見の明があったわけだ。

「向嶋君が言った仲間はずれじゃないけど、やっぱり、取り残された気分になったんだと思う」

今や三人の中で、ひとりだけ未経験なのである。詩織は常に場をリードしてきたから、余計に後れを取ったように感じたのではないか。

「ねえ、舐めてもいい？」

美少女の唐突なお願いに、慎一郎はきょとんとなった。

「え、舐めるって？」

「向嶋君にフェラチオをしてあげたいの」

ストレートに言われて胸が高鳴る。

「立野さんがしたいのならいいよ」

勿体ぶって答えると、詩織が安堵したふうに頬を緩める。しかし、屹立の上に顔を伏せようとしたところで、動きが止まった。

「ねえ、どうしてなの？」

詩織が不機嫌そうにこちらを振り仰いだものだから、慎一郎はドキッとした。

「え、何が？」

「向嶋君って、錦織さんのことは『由実花さん』って下の名前で呼ぶのに、わたしはずっと『立野さん』なのね」

「ああ……」

たしかにそうだなと、慎一郎はうなずいた。

「なるほど、そう言えばそうね」

由実花も言われて気がついたらしい。

「それって、わたしと錦織さんを区別しているからなの？」

詩織の眼差しに疑念が浮かんでいる。だから由実花とだけセックスしたのねと、咎められている気がした。

「い、いや、区別ってことは――」

「だいたい、錦織さんは年上で、わたしと向嶋君は同い年なのよ。むしろわたしのほうを下の名前で呼ぶべきじゃないかしら」

「でも、立野さんはお嬢様だからさ。いや、最初からわかってたわけじゃないけど、高貴というか畏れ多い感じがして、名前で呼びづらかったんだよ」

絞り出した説明に、詩織は納得しなかった。

「それは理由にならないわ」

「ど、どうして？」

「だって、向嶋君は基本的に、女の子を苗字で呼ぶひとだもの。よっぽど親しくなったら別だけど」

自分では意識していなかったが、なるほどそうかもしれない。近くにいたからこそ、詩織はわかったのだろう。

「つまり、こいつがあたしに親しみを感じてるってことなんでしょ？　だったら問題ないじゃない」

由実花の言葉で、詩織の眉間に深いシワが刻まれる。

「つまり、わたしには親しみを感じていないのね。だから錦織さんとだけあんなことを――」

不満をあらわにし、由実花とのセックスが慎一郎の意志だったみたいに言う。

埒が明かないと、慎一郎は彼女の両肩に手を置いた。

「え？」

戸惑いを浮かべた美少女の唇を、無言で奪う。

「ん――」

その瞬間、詩織のからだが強ばる。けれど、くちづけを受け入れているあいだに力が抜けた。舌を差し入れると、自分のものを絡めてくれる。

詩織と唇を交わしたまま様子を窺えば、由実花は口を開け、唖然となっていた。慎一郎と目が合うなり、うろたえたふうに視線をはずす。

情愛を込めたキスを終え、唇をはずすと、詩織は頬を紅潮させていた。

（ああ、すごく可愛い）

もともと美少女だが、いつものクールさがなくなり、はかなげな可憐さが際立つ。心を鷲掴みにされた気分で、慎一郎は身悶えしたくなった。

「親しみを感じてないってことはないさ。おれにとっては、詩織ちゃんも大切な仲間なんだから」

さん付けではなくちゃん付けにしたことで、わかってもらえたのではないか。

「仲間……」

その言葉を繰り返した美少女が、感激の面持ちを見せる。これに、慎一郎は察するものがあった。

（詩織ちゃん、今まで親しい友達がいなかったのかも）

お嬢様だし、ポーカーフェイスで近寄りがたい雰囲気もある。そのため、話しかけてくれる人間がいなかったのではないか。エロ専で同じグループになった慎一郎や由実花をあれこれ調べたのは、単に仲良くなろうとしてだったのかもしれない。方法としてはかなり行きすぎでも、友達がいない彼女は、他にやり方が思いつかなかったとも考えられる。

「うん……ありがと」

礼を述べた詩織が、はにかんだ笑みを浮かべる。初めての仲間——友達を得られた喜びが溢れているようだった。

「ほら、納得したなら、さっさとおしゃぶりしてあげなさい」

由実花が口を出す。それは彼女の優しさに違いなかった。

「わかったわ」

詩織が顔を伏せる。今度は途中でやめず、漲りきった亀頭を口に入れた。

「ううう」

温かく濡れた中に入りこんだだけで、目がくらむほどに感じてしまう。舌が敏感な粘膜をてろてろとねぶりだしたことで、快感が爆発的に高まった。

「ああ、すごく気持ちいい」

感動をあらわに告げると、先端をチュッと吸われる。髪から覗く耳が赤く染まっているから、照れくさいのだろう。そんなところも可愛くてたまらない。

すると、由実花がにじり寄ってきた。

「まったく、乳がでかけりゃいいってものじゃないわよ」

下向きでたふたふと揺れている、詩織のおっぱいに手をのばす。途端に、美少女の背中がピクンと震えた。

「なによ。もう乳首が勃ってるじゃない」

どうやら頂上の突起を摘まんでいるらしい。手つきからして、クリクリと転がしているようだ。

「ンふっ」

詩織が切なげな息を吹きこぼす。陰毛が温かな風にそよいだ。

由実花が意地悪をしているわけではないのは、表情からも明白だった。悩ましげに眉根を寄せ、たわわな乳房を優しく捧げ持つ。フェラチオをする詩織を見て、いやらしい気分になったのだ。

その証拠に、おっぱいだけでなく、秘められたところへも手をのばす。

「いやらしい子ねえ。もう濡れてるわよ」

クロッチをいじられ、詩織が「うう」と呻く。白いパンティに包まれたヒップを、イヤイヤをするみたいに揺らした。

「こんなにヌルヌル。パンツの外にまで、エッチなお汁が滲み出てるじゃない」

かなりの愛液をこぼしているらしい。キスをして、フェラチオを始めてから、それほど時間は経っていないのに。これもアルコールの効果なのか。

「チ×チンを舐めてる場合じゃないわ。あんたが舐めてもらうべきよ」

由実花は詩織を抱き起こし、おしゃぶりを中断させた。羽交い締めにするみたいに、後ろから美少女に抱きつく。

「ほら、パンツを脱がしてあげて」

命じられ、慎一郎は戸惑いつつも「うん」とうなずいた。純白の薄物に手をかけると、観念した様子の詩織が、涙目で見つめてくる。

(いいのかな?)

ためらったものの、クロッチにできた濡れジミに気がついて胸が高鳴る。外側にまで染み出した粘液が、鈍い光を反射させていたのだ。

(こんなに——)

たまらなくなっているのだと理解し、迷いが消える。清純な薄物を、慎一郎は処女の腰から奪い取った。

「いやぁ」

一糸まとわぬ姿になり、詩織が弱々しく嘆く。膝を閉じ、あらわになった秘苑を隠そうとした。

これまでになかった恥じらいっぷりに、慎一郎は萌えまくりであった。ぴったり重なった膝を力ずくで左右に離し、穢れなき女芯をあらわにさせる。

「え？」

その部分を目撃して、目を疑う。パイパンだったはずなのに、わずかにほころんだ恥割れの上部、ヴィーナスの丘にポツポツと黒いものが見えたのだ。

「もう剃るのをやめたの？」

質問すると、詩織が困ったふうに唇を歪めた。

「やめたっていうか、もう、こういうことはないのかと思って――」

言葉足らずながら、何となく察しがつく。慎一郎を由実花に取られたから、もう剃毛しても無駄だと考えたのではないか。

（つまり、パイパンはおれのためだったたってことなのか？）

初めて目にしたとき、いたいけな眺めに背徳的な魅力を感じたのは事実だ。そこまでしたのに、慎一郎が目の前で他の女と交わったものだから、どうでもいいとヘソを曲げてしまったらしい。

（なんだ、可愛いとこあるじゃないか）

クールなだけの女の子ではない。愛しさがこみ上げ、頰が自然と緩んだ。

「毛が生えてると、ヘンに見えるの？」

詩織がクスンと鼻をすする。恥毛の生えかけを笑われたと思ったのか。

「違うよ。詩織ちゃんのここが相変わらず可愛いから、うれしくなったんだ」

「バカ……」

恥じらってなじるのも愛らしい。けれど、慎一郎が晒された中心に顔を寄せると、焦りをあらわにした。

「あ、待って」

「え？」

「そこ……匂わない？」

これも意外な問いかけであった。これまで彼女は、そういうことは気にしてこなかったからだ。

「そうだね。詩織ちゃんらしくて、とってもいい匂いがするよ」

「やれやれ、ご馳走様」

由実花があきれたふうに茶々を入れる。

「イチャつくのはそのぐらいにして、さっさと舐めてあげたら」

「うん」

慎一郎はかぐわしい源泉に口をつけた。

「はあッ」

詩織がのけ反り、下腹をヒクヒクと波打たせる。舌を差し入れられた恥割れが、なまめかしくすぼまった。

(これが詩織ちゃんの味なのか……)

舌に絡みつくのは、粘っこくてちょっぴりしょっぱいラブジュース。愛しさに駆られ、敏感な肉芽を舌先で探ると、艶声がいっそう大きくなった。

「イヤッ、あああ、か、感じる」

テントの外に誰かいたら、丸聞こえだろう。幸いにも他のグループと離れているから、その心配はない。

(由実花さん、最初からこういうことをするつもりで、テントの場所を端っこにしたんだな)

お酒を用意したことも含め、すべて計画どおりだったようだ。

「オマ×コ舐められて気持ちいいの?」

詩織を背後から抱きすくめる由実花が、はしたない言葉を口にする。

「うう、や、ヤダ……」

「ヤダじゃないわよ。乳首もビンビンにしちゃってるくせに」

「くぅうーン」

甘えるような声に、上目づかいで確認する。由実花が詩織の巨乳を鷲掴みにし、指の股で乳頭を挟みつけていた。

「ねえ、おっぱいも気持ちいいんでしょ？」

「う、うん……ああん、そんなにイジメないで」

「いやらしい子ねえ。ほら、あんたもクリちゃんを吸ってあげて」

命じられるまま、慎一郎は硬くなったピンク色の尖りをついばんだ。チュッチュッと吸いたてると、若腰のわななきが顕著になる。

「うう、か、感じすぎちゃうぅ」

いつもクールな詩織が、悦びをあらわに訴える。すすり泣き、裸身をくねくねさせてよがった。

（なんていやらしいんだ！）

慎一郎は胸を高鳴らせながら、舌を躍らせ続けた。エッチな蜜が滴りそうになると、唇を尖らせてぢゅるるるッとすする。

「きゃふぅううッ」

甲高い嬌声がテント内に響き渡る。かなり高まっているようで、火照った裸身が甘酸っぱい匂いを漂わせた。

(もうすぐイキそうだぞ)

それは由実花にもわかったようだ。

「ほら、イッちゃいなさい」

おっぱいをモミモミしながら美少女を煽る。興に乗ったか、彼女の耳を甘噛みし、舌も這わせた。

「くすぐったい……あ、あ、ダメ――」

いくつもの性感ポイントを同時に責められ、いよいよ危うくなったらしい。ならばと、慎一郎は滴る蜜を指に絡め、アヌスをヌルヌルとこすった。

「あひッ、だ、ダメぇ、ヘンになるうぅっ」

悩乱の声を張りあげて、詩織はとうとう愉悦の極みへと昇りつめた。

「イクッ、イクッ、あああ、い、イッちゃふぅううっ!」

全身をガクンガクンとはずませたあと、強ばったボディを痙攣させた。

「う、うう……はあ――」

大きく息を吐いて脱力し、背後の由実花にからだをあずける。あとは胸を上下させ、深い呼吸を繰り返すだけになった。

(イッたんだ……)

口をはずすと、赤みを帯びた陰部は唾液と愛液に濡れ、はみ出した花弁が腫れぼったくふくらんでいた。その狭間から、白く濁った蜜がトロリと溢れる。

「ふふ、かなり気持ちよかったみたいね」

嬉しそうに口許をほころばせた由実花であったが、オルガスムスの余韻にひたる年下の同性にムラムラしたらしい。顔を後ろに向けさせると、唇を奪ったのである。

(え⁉)

慎一郎は仰天した。詩織が拒むことなく、くちづけを受け入れたからだ。どうやら舌も絡めているらしい。

(由実花さんも、いやらしい気持ちになってるんだな)

この調子だと、ふたりから求められることになりそうだ。やれやれと思ったとき、女同士のキスがほどかれる。艶めく唇のあいだに、唾液の透明な糸が繫がった。

「オマ×コ舐められて、気持ちよかった？」

由実花の問いかけに、詩織が小さくうなずく。それから、

「錦織さんのキスも、気持ちよかったわ」

恥ずかしそうに告げられて、由実花が照れた。

「そんなことはいいから、ほら、こいつとエッチしなさい。そうすれば、あたしと同じになれるんだから」

「ん……」

促され、詩織が決意を固めた眼差しを見せる。慎一郎はドキッとした。

（おれはこれから、詩織ちゃんと——）

彼女のバージンをもらえるのかと、胸が躍る。テントの中でというのは、あまりロマンチックではないけれど。

もっとも、由実花と結ばれたときは、もっと混乱した状況だったのだ。

詩織と抱き合うことに期待をふくらませていると、彼女が思いがけない願いを口にした。

「ねえ、先に錦織さんと向嶋君がしているところを見せて」

「え、先にって？」

由実花がきょとんとなる。

「やっぱり、まだちょっと怖いの。だけど、ふたりがしているのを見せてもらえれば、たぶんだいじょうぶだと思うわ」

つまり、見ている前でセックスをしろというのか。

「無茶言わないでよ」

由実花が困惑ををあらわにする。しかし、詩織は引き下がらなかった。

「わたし、ふたりがあのホテルで無事に初体験を済ませたら、すぐ仲間に入れてもらうつもりだったの。なのにやめちゃったから、がっかりしたのよ」

では、あの場で由実花に続いてロストバージンをするつもりだったのか。撮影をしたのは課題のためではなく、記念として残すためだったらしい。

「だから、これはあのときの続きなの」

「続きって――」

顔をしかめた由実花が、思い出して詩織に詰め寄る。

「ていうか、どうしてあんた、あのときあんなところに入り込めたのよ?」

「ふたりが初体験をするつもりで、向嶋君があの部屋を予約したのがわかったから、ホテルを買い取ったの。で抜け穴をこしらえて――」

もともと所有していたわけではなく、ホテルごと購入したとは。常識はなくても、お金はたんまりあるようだ。

やれやれと肩をすくめた由実花が、年上らしく諭す。

「あきれた……」

「そういう無意味なことは、もうしなくていいからね。あたしたちは友達なんだから」

詩織は嬉しそうに頬を緩めた。

「だったら尚さら。わたしを助けると思って」

美少女が潤んだ瞳で懇願する。

「ああ、もう、わかったわよ」

唇を奪った手前、突き放せなかったようだ。由実花が渋々引き受ける。

（いや、おれの意向は？）

もちろん、いつものごとく無視されて、ふたりに押し切られることになる。

「じゃあ、今度は由実花さんのおま×こを舐めてあげて」

詩織に言われ、慎一郎は戸惑いつつ顔を伏せた。仰向けに寝そべり、脚を開いた由実花の中心に。

一度だけとは言え肉棒に貫かれたそこは、透明な蜜汁でベットリと濡れていた。クンニリングスをされてよがる詩織を抱き締めながら、密かに昂ぶっていたのではないか。だからこそ、我慢できなくなって彼女にキスしたのかもしれない。

「うう……シャワー浴びてないのに」

由実花が呻くようにつぶやく。あらわに晒された女芯が、生々しい匂いを発している自覚があるのだ。

（ああ、由実花さんの匂い……）

チーズ風味の女くささ。劣情を誘うフェロモンにうっとりし、ヌメつく恥唇にくちづける。

「きゃふっ」

由実花が切なげに喘ぎ、ブラジャーのみの裸身を波打たせた。

彼女の愛液は、詩織のものより塩気が強かった。自分だけ愛撫されずに焦れていたあいだに、溢れたものが水気を飛ばして、味が濃くなったのだろうか。

それでも、美味なことに変わりはない。舌を律動させ、ピチャピチャと秘苑をねぶっていると、新たな蜜が溢れてきた。

「も、もういいわ」

由実花が息をはずませて告げる。それ以上されまいとするかのように、太腿をギュッと閉じた。

「舐めるのはそのぐらいにして、オチ×チンを挿れてちょうだい」

色めいた声での誘いに、胸が高鳴る。慎一郎は猛りっぱなしの分身を脈打たせた。

一度は結ばれたのものの、あのときはすぐに果ててしまい、内部の感触を味わう余裕がなかった。セックスした実感もあまりなく、慎一郎は新鮮な気分で由実花に身を重ねた。

「わたしが導いてあげるわ」

ふたりのあいだに手を入れて、詩織がペニスを華芯へと誘う。ふくらみきった亀頭が、温かく濡れたところにめり込んだ。

「いい？」

声をかけると、由実花が閉じていた瞼を開く。慎一郎と目が合うなり、うろたえて視線をはずした。

「いいわよ。あ、でも――」

「え、なに？」

「……なるべくゆっくり挿れて。まだちょっと怖いんだから」

不安げに見つめてくる。年上なのに、なんていじらしいのだろう。

「わかった」

うなずいて、そろそろと腰を進める。肉槍がじりっ、じりっと侵入するにつれ、彼女の眉間のシワが深くなった。

「うう……」

小さな呻き声も洩れる。実際に痛いとか苦しいとかではなく、心理的な抵抗感からの反応だと思われた。

「あ、すごい。入っちゃう」

詩織の声が聞こえる。真後ろから結合部を覗き込んでいるらしい。視線を感じてゾクゾクしたものだから、慎一郎は残り部分を一気に押し込んでしまった。

「はあああッ！」

由実花がのけ反り、手足をワナワナと震わせる。

「あ、ごめん」

謝ると、彼女は深い呼吸を繰り返してから、

「……たく、もっと優しくしてよ」

涙目で睨んでくる。それにも胸が締めつけられた。

「うん。本当にごめん」

「もういいわ。ちゃんと入ったんでしょ？」

「うん」

柔穴に包まれた分身を脈打たせると、由実花が悩ましげに身をくねらせる。

「あん……いっぱい」

「痛くない？」

「大丈夫。ちょっと苦しい感じはあるけど」

ようやく落ち着いたようで、表情が穏やかになる。

「ね、キスして」

言われるなり、慎一郎は反射的に唇を奪っていた。自分もそうしたいと思っていたのだ。舌を絡める深いくちづけを交わしながら、腰を少しずつ動かす。

「ふはッ」

由実花がキスをほどき、息をはずませる。苦痛は訴えず、むしろうっとりした表情を見せた。

（おれ、由実花さんとセックスしてるんだ）

実感が胸底から湧き、陶酔にまみれる。内部のヌルヌルしたヒダが肉根にまといつき、この上ない悦びをもたらした。

「あん、すごくいやらしい」

詩織のつぶやきが聞こえた。

（うう、気持ちいい）

リズミカルに腰を振りながら、慎一郎は蕩けるような愉悦にまみれた。

由実花とするのは二度目だが、一度目はあっという間だった。これが本当の交わりのように思える。

何より、膣内の濡れ柔らかな気持ちよさを、心ゆくまで味わえるのだ。

ぢゅぷ……チュッ——。

交わる性器が粘っこい音を立てる。会陰にぴたぴたと当たる陰嚢も湿った感じを受けるのは、多量の愛液がこぼれているからだろう。

そこに詩織の視線が注がれているのだ。

「おま×こに、オチ×チンが出たり入ったりしてる……いやらしすぎるわ」

そんなこと、言われなくてもわかっている。けれど実況されることで、淫らな気分が高まった。

（ああ、見られてる）

バージンの美少女が、結合部を興味津々に覗き込んでいるのだ。おそらく、自分が同じことをされる場面を想像しながら。

「嘘みたい、こんなのって……あん」

なまめかしい声が聞こえてドキッとする。間近でセックスを見物しながら、彼女は自らをまさぐっているのではないか。

（詩織ちゃんがオナニーを？）

美少女のあられもない姿を想像し、頭に血が昇る。煽られて、ピストン運動に熱が入った。いっそう力強く蜜穴を抉る。

「あ、あ、やん、激し――」

由実花も頭を左右に振ってよがった。本格的な抽送は、これが初めてなのに。肉体がしっかり成熟していたから、経験が浅くても悦びに目覚めたのか。

もっとも、さすがに膣感覚だけで昇りつめるのは無理らしい。快感は高い位置で推移している様子ながら、そこから上昇しないのだ。

そのため、慎一郎のほうが危うくなった。

「うう、もう出そうだ」

降参して告げると、それまで歓喜に漂っていた由実花が、ハッとしたように瞼を開いた。

「な、中はダメッ！」

焦りをあらわに告げられ、慎一郎は驚いて抽送をストップした。

「今日は危ない日なの。だから──」

申し訳なさげに言われては、無理に中出しはできない。まあ、そんなつもりは毛頭なかったが。

(由実花さんとセックスすることになったのは、詩織ちゃんがどうしてもってお願いしたからなんだよな)

気分を高めるためにウイスキーを持参するなど、由実花は用意周到であった。しかしながら、お手本として交わるのは想定外だったのだろう。最初からわかっていたら、避妊具を準備するなりしたはずだ。

「わかった。それじゃ、抜くよ」

「うん……ごめんね」

涙ぐんで謝られ、情愛が募る。慎一郎は彼女にくちづけた。

「んふ」

由実花が切なげに鼻息をこぼす。舌を差し入れると、自らのものを深く絡めた。

（ああ、美味しい）

ウイスキーの風味が残る唾液を、たっぷりと飲まされる。それだけで酔ってしまいそうだ。

もっとキスを続けたかったが、慎一郎は後ろ髪を引かれる思いで唇をはずした。昂ぶったために、爆発しそうになったのだ。

そろそろと腰を引くと、ペニスが膣口から外れる。勢いよく反り返り、下腹をペチンと叩いた。

「ふう……」

大きく息をついた由実花は、頬を紅潮させている。オルガスムスに至らずとも満足した様子で、慎一郎は安心した。

「じゃあ、次はあの子を抱いてあげて」

「うん」

後ろを振り返ると、詩織と目が合う。

「あ――」

彼女は肩をビクッと震わせ、落ち着かなく目を泳がせた。

「いい?」

訊ねると、泣きそうな顔でうなずく。慎一郎の股間にそそり立つ、白っぽい淫液にまみれたシンボルをチラ見するなり、表情に怯えを浮かべた。

(もう何度も見てるのに……)

自分の中に迎え入れるとなると、受ける印象が異なるのか。それでも覚悟はできていたようで、促されるとそろそろと仰向けになった。

「じゃあ、今度はあたしが導いてあげるわ」

由実花がいそいそと寄ってくる。仲間がロストバージンをすることが、我が事のように嬉しいのか。

覆いかぶさろうとすると、詩織が濡れた目で見つめてくる。

「……向嶋君も、全部脱いで」

慎一郎は下だけを脱いでいたのだ。せっかくの初体験だから、一糸まとわず抱き合いたいのだろう。

「わかった」

上半身も脱いで素っ裸になり、甘い香りをたち昇らせる美少女に身を重ねる。

すべすべして温かな肌は、羽毛布団みたいに柔らかで、無性にジタバタしたくなった。

「ああん」

詩織も感極まったふうに抱きついてくる。子犬みたいに鼻を鳴らして甘えるのが愛おしい。

ふたりは唇を交わした。情熱的に吸い、舌を絡め、唾を飲みあう。うっとりして、脳が蕩ける心地がした。

その間に、由実花が後ろから手を差し入れ、勃起を秘苑に導いてくれる。

（ああ、熱い……）

亀頭が浅くめり込んだ肉の裂け目は、ヌルヌルした蜜にまみれていた。一度クンニリングスで昇りつめたのだが、慎一郎と由実花のセックスを見て昂ぶり、オナニーもしていたらしい。蒸れたように火照っているのは、そのためだろう。

唇をはずすと、詩織が赤い頰で吐息をはずませる。いつになくいじらしい面立ちに、情愛が募った。

「いい？」

訊ねると、小さくうなずく。強ばりのあてがわれた秘割れが、挿れてとせがむみたいに収縮するのがわかった。

「力を抜いて」

「うん」

瞼を閉じ、深い呼吸を繰り返す処女を見つめながら、慎一郎は腰を沈めた。

丸い頭部が湯蜜にひたり、すぐ関門にぶつかる。それでも詩織は逃げなかった。

身を任せ、すべてを捧げるつもりでいるのだ。

（大好きだよ）

心の中で告げ、狭まりを圧し広げる。意外と柔らかで、肉の槍を跳ね返すこと
なく受け入れた。

ぬるん――。

ペニス全体が、温かな中に埋没する。

「くぅうう―ッ」

詩織がのけ反り、慎一郎の二の腕をギュッと摑んだ。

（ああ、入った）

甘美な締めつけを浴び、処女地へ侵入したことを実感する。感激と快感に、慎
一郎は尻をブルッと震わせた。

「うん……ちゃんと入ってるわ」

真後ろから覗き込んだ由実花が報告する。慎一郎の肩越しに、詩織の顔を覗き込んだ。

「おめでとう。これで女になったのよ」

祝福の言葉に、瞼がゆっくりと開く。

「……ありがとう」

礼を述べた詩織の目に、たちまち涙が溢れた。

「痛い？」

心配になって訊ねると、彼女は唇をわずかに歪めた。

「少しだけ。でも、思ってたほどじゃないわ」

それから、ふうと息を吐く。

「向嶋君のが、わたしの中にいるの……元気に脈打ってるわ」

「ひょっとして、もうイッちゃいそうなんじゃない？」

由実花に訊かれて、慎一郎は「うん、たぶん」と答えた。初めてを捧げてもらった感激に加え、膣内が呼吸に合わせて収縮することで、動かずとも昇りつめそうだったのだ。

「このまま中に出されてもいいの？」

由実花の質問に、詩織は少しだけ迷いを浮かべたものの、

「うん、いいわ」

きっぱりと告げた。

「向嶋君のあったかいのを、わたしの中にいっぱい注いでもらいたいの」

一途な言葉に、由実花も共感したようだ。

「うん。そのほうがいいと思うわ」

そして、慎一郎の尻を軽く叩く。

「彼女のリクエストよ。動いてあげなさい。痛くしないように、ゆっくりね」

「うん。もちろん」

慎一郎はそろそろと後ずさった。すると、詩織の表情が険しくなる。

(痛いのかな?)

挿れたときは、それほどでもなかったようなのに。続いて、後退したぶんを再び中に戻すと、

「ああっ!」

クールなはずの美少女が、珍しく悲鳴をあげた。

「痛いの?」

由実花が訊ねると、詩織は即座にうなずいた。

「あのね、おま×こが切り裂かれるみたいなの」

しゃくり上げ、大粒の涙をこぼす。破瓜の傷口がこすられるのだろう。

「挿れてるだけなら何ともないんでしょ？」

「うん……」

「そっか……だったら動かないほうがいいわね」

「じゃあ、出るまでじっとしてるってこと？」

いずれは頂上に至るだろうが、詩織の涙を見たことで昂奮が冷めたから、長くかかりそうである。

「大丈夫。あたしが協力してあげるから」

何をするのかと思えば、由実花が後ろから股間に手を入れた。

「あうッ」

陰嚢をすりすりされ、腰がビクッとわななく。くすぐったさとむず痒さを強烈にした快感に、下半身が気怠さを帯びた。

「え、何してるの？」

詩織が怪訝な面持ちで訊ねる。

「キンタマをいじってあげてるの。ここも性感帯みたいだから、きっとすぐに出ちゃうわよ」

しなやかな指が玉袋を揉み撫でる。慎一郎は身をよじり、鼻息を荒くした。

「ちょ、ちょっと、あ――ううう」

「ほら、気持ちいいんでしょ？　さっさとドッピュンしなさい」

「ああ、あ、駄目、出ちゃうよ」

由実花の目論見どおり、歓喜に翻弄された慎一郎は、たちまちオルガスムスを迎えた。腰をぎくしゃくと震わせ、

「あ、いく……出るぅ」

情けない声を上げて昇りつめる。

「あん、オチ×チンがビクビクしてる」

詩織が悩ましげに喘ぐ。たっぷりとほとばしらせ、萎えた牡器官が膣口から外れると、安堵のため息をついた。

「……ありがと、向嶋君」

感謝の言葉が耳に遠い。慎一郎は彼女に身を重ねて、深い呼吸を繰り返した。

その晩、彼らは素っ裸のまま抱き合い、心地よい眠りについたのである。これ

から三人の関係がどうなるのかなんて考えることなく、この上ない幸福感に包まれて。

＊この作品は二〇一二年から二〇一六年にかけて集英社・週プレモバイルにて連載された「奥まで撮らないで」を再構成し、大幅に加筆修正したものです。

奥(おく)まで撮(と)らせて

2021年 6月25日　初版発行

著者　橘(たちばな)　真児(しんじ)

発行所　株式会社 二見書房
東京都千代田区神田三崎町2-18-11
電話 03(3515)2311［営業］
03(3515)2313［編集］
振替 00170-4-2639

印刷　株式会社 堀内印刷所
製本　株式会社 村上製本所

落丁・乱丁本はお取り替えいたします。
定価は、カバーに表示してあります。

ISBN978-4-576-21081-0
https://www.futami.co.jp/

二見文庫の既刊本

熟女ワイン酒場

TACHIBANA,Shinji
橘 真児

売れないミステリー作家・信充は新しい女性編集者に「この街を舞台にしたらどうか」と提案され、ネタを求めて地元の街をさまよう。〈愛人〉という名前に淫靡なものを感じて入ったワインバーの美しいママとはバツイチ同士で話が合い、そのまま淫戯に及ぶ。この出来事に戸惑い、ためらいながら翌日から店に通い始めるが、客の女性にも迫られて……。書下し官能！

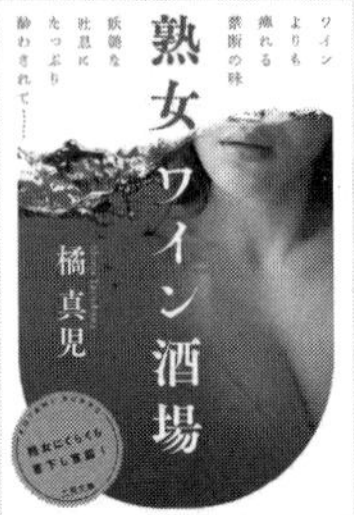